LES AGRESTES.

IMPRIMERIE LANOE LÉVY ET COMP., RUE DU CROISSANT, 16.

LES AGRESTES

POÉSIES

PAR

H. de Latouche

PARIS
1818

Vallée aux Loups, octobre, 44.

Le titre de cet opuscule est emprunté à l'esprit des littératures anciennes. Ovide a nommé un recueil d'élégies : LES TRISTES.

Ce nom d'AGRESTES a été employé, il y a quarante ans, pour un volume de prose publié par M Glaize, auteur des Nuits Élyséennes : les deux essais n'ont de commun que cette ressemblance tout extérieure.

Quatre ou cinq pièces imprimées ailleurs ont été ici reproduites, à cause de leur rustique spécialité : ces fragmens sont marqués, à la table, par un astérisque.

Ici, l'auteur aurait voulu exprimer l'exclusion de tout sujet lié aux intérêts, aux passions, aux ambitions ordinaires de la vie. Déja guéri de cette maladie charmante qu'on appelle la jeunesse, il aurait désiré avertir qu'il n'est plus question, à cette heure, que des impressions venues par cette nature qualifiée de nature morte, peut-être improprement.

LES AGRESTES.

Aux mânes

DE

Robert Burns.

Plus d'un front s'est chargé des palmes de la lyre,
plus d'un talent hardi, du tragique poignard
a fait mouvoir l'acier, de Sophocle à Shakspeare,
qui de la muse agreste a mal cultivé l'art.
Cette muse, ô Virgile, en sa fraîcheur précoce,
des prés verts de Mantoue aux rocs blancs de l'Ecosse,
d'un même et vaste essor a traversé le sol :
et Burns, un laboureur, a recueilli son vol.

C'est qu'il faut avant tout les aimer, vos retraites,
taillis de noisetiers, vallons de pâquerettes ;
et savoir marier, sous l'ombre du verger,
le cri perçant du merle aux chansons du berger.
Du faux, le grand poëme adopte la parure ;
mais à l'idylle en fleurs ne sied que la nature.
N'y laissez pénétrer et s'enfuir tour à tour
qu'un ruisseau, deux rêveurs et ce sorcier d'amour.

O Burns ! enfant hâlé de la ferme indigente,
que de charme est versé sur ta voix négligente !
Voyez de ses destins le malheur artisan,
le malheur et l'amour ! Ta muse, ô paysan,
du tartan écossais à peine revêtue,
se lève sous le chaume : à l'aube reparue,
attelle ses taureaux, les presse d'aiguillons,
goûte le pain d'avoine et dort dans les sillons.

Souffrez, souffrez du cœur pour en être interprètes.
Ce sont les malheureux qui, seuls, sont les poètes :
encore, à tous hélas ! Dieu n'a-t-il pas jeté
ce présent par des pleurs tant de fois acheté.
Des plantes, le génie est la plus délicate :
que de conditions pour que sa vie éclate !
A féconder son germe il lui faut la douleur ;
que la chaste ignorance abrite sa couleur.
C'est aux contes d'enfant la rose de Syrie,
à peine aux yeux humains tous les cent ans fleurie.

3

Le Néflier.

Il se cache en nos bois un sentier creux et sombre
où m'appelle midi vers le silence et l'ombre ; .
où le voile des nuits aime à se déplier.
Là, sous le frais versant, s'abrite un Néflier.
Je l'aime, l'arbre rude, enfant des lieux sauvages,
qui sait puiser la vie aux plus ingrats rivages.
Noueux, tortu, malfait, il aime à rattacher
son pied de prolétaire aux flancs nus du rocher.
Sa feuille d'un vert tendre et du soleil frustrée,
du laurier olympique a la grâce lustrée.
L'envers en est velu. Son front a peu d'essor,
mais, sous d'épais rameaux, que sa vigueur ressort !
La baie, au cœur osseux, où l'aïeule attentive
cherche d'un diamant la richesse captive,
mûrit avec lenteur ; et son germe, deux ans,

dort sans ouvrir la terre à des rameaux naissans.
Pour naître et s'accomplir, ainsi fait la sagesse !

Bravant l'autan glacé, cet arbre, avec largesse,
sous d'infaillibles fruits courbe un large éventail,
et fournit son bois dur aux outils du travail.
D'où vient que sous sa fleur rosée, et sur la mousse,
pour moi la rêverie est à ses pieds si douce ?
Est-ce pour l'avoir vue, Elle, en son tendre émoi,
accourir là, sourire ou rêver près de moi ?
surpris dans les rameaux, la lune près d'éclore ?
Ou n'est-ce pas plutôt qu'à la branche sonore
le nocturne chanteur a suspendu son nid,
lui qui nous disait l'heure où le ciel se brunit ?
Des accords du passé quelque note indécise
aux vents de ces déserts sans doute fut apprise :
ici l'air est chargé d'harmonieux accens,
et le souffle des nuits de soupirs caressans.
Mélodie ! en quels mots exprimer ton empire ?
de quels cieux descend-il ? Et, quand son souffle expire,
remonte-t-il aux cieux ? O mystère infini !
l'attrait qui nous fascine est le moins défini.
Mais comme de plaisir l'âme en secret émue
retient les noms sacrés dans l'art qui la remue :
Pergolèze, Mozart, Beethowen et Schubert,
ce pâle polonais [1] qui tient le ciel ouvert !

Pour le monde des sons Beethowen prit naissance,

[1] M. Chopin.

et de les percevoir il subit l'impuissance.
Elle était, l'harmonie aux accords ravissans,
ouverte à son génie, interdite à ses sens.
Il fallut lui montrer, pour gage de sa gloire,
les frémissantes mains d'un immense auditoire.[1]
Cet orphée au cœur pur, génie en tout nouveau,
fut pauvre et citoyen comme a vécu Rousseau.
Voyez ! Il fuit les cours et du monde il s'écarte.

Dans sa candeur naïve, épris de Bonaparte,
veut-il dresser un hymne éloquent et hardi,
monument de son art, au soldat de Lodi ?
Demain, dupe et honteux, sa généreuse rage
déchire et foule aux pieds le volontaire hommage,
au jour où le grand homme, envahi par l'erreur,
s'abdiqua Général pour descendre Empereur.[2]

Et suivez, à son tour, Beethowen qui s'exile :
détrôné par la mode ignorante et mobile,
il est mort par la foule au silence exhorté :
mort parmi les pasteurs. — Et sur leur bras porté
dans le funèbre enclos du plus obscur village,
il dort sous les rameaux du néflier sauvage ![3]

[1] historique. — [2] id. — [3] id.

Hedera.

Sonnet.

Anna, soyez l'arbuste aux vivantes racines
qui sur un débris mort jette un printemps nouveau.
Venez parer mon deuil et verdir mes ruines :
le lierre aime un vieux chêne, un désert, un tombeau.

Frais comme vous, le lierre à travers les épines
glisse, et conquiert lui seul un antique château ;
ou confondu là bas aux mousses enfantines
il invite à s'asseoir deux amis du côteau.

Venez : j'abriterai contre les vents, les grêles,
vos jours ; et le trésor de vos boutons si frêles
pour de jeunes amours qu'il fleurisse demain.

Viens t'appuyer sur moi dans ta croissance altière...
quand tu devrais briser, comme fait l'autre lierre,
pour t'en former un sol, le dur ciment romain.

Conseils

à un enfant.

Le linot fait son toit, l'abeille erre aux buissons,
juillet va colorer le front lourd des moissons;
tout s'émeut, tout travaille, agit, marche, féconde :
es-tu donc seul oisif en l'atelier du monde ?
A tous est le travail par Dieu même imposé:
de Bémoth au-Ciron nul être reposé
avant sa tâche faite et les soins de la vie.
Du repos infécond la mort seule est suivie.
N'appelle pas la mort; n'accepte pas l'affront
des pâleurs du néant qui vont courber ton front.
Nul ne compte un atôme, un seul exemple au monde,
où de longs jours perdus l'inanité se fonde.
Apprends qu'à Naples même, éden abâtardi,
le lazzaron qui dort au soleil de midi
des trois GRAINS qu'il lui faut a pourvu sa paresse.

Oisif s'il est repu, dès que sa faim le presse,
debout ! Pour rester libre il se vend au hasard,
mais l'acte fait, mépris sur l'or qui vient trop tard.
Lui, spéculer ! prévoir qu'un avenir nous manque !
Nous lui ferions pitié dans nos calculs de banque.
Il se résigne à vivre et non à s'enrichir.
Hors la nécessité qui l'aurait fait fléchir ?
Puis il rentre avec droit dans son indifférence.
le sage. Il a payé du prix de l'indigence
près des flots, sous les pieds du Vésuve en courroux,
son rien-faire, un peu d'ombre, et le dormir si doux.

Qu'il vienne, le loisir, quand la journée est faite.
Enfant, du saint travail l'ame est si satisfaite !
Vois-tu ce blond taureau si docile et si fort
sous le joug nourricier se courber sans effort.
La fourmi court chercher le brin d'herbe sauvage
qui fermera son Louvre aux fureurs de l'orage.
Le passereau conquiert ces duvets, frêles dons,
que pour les nids d'oiseaux Dieu confie aux chardons.
Le plus riant des jours, c'est le jour qu'on emploie :
travailler, c'est prier, c'est l'amour, c'est la joie.

La Maison neuve.

De ma croisée au Sud, si haute et si petite,
où, chaque renouveau, l'agile clématite
monte agrafer ses fleurs, j'ai beau, chaque matin,
tourner mes longs regards à l'horizon lointain,
je ne vois rien venir. Hélas ! que tardent-elles ?
Quel gouffre de la mer a vu sombrer leurs ailes ?
Sans un vol blanc et noir, êtes-vous le printemps,
amandiers, soleil pâle et souffles inconstans ?
Elles seules, par couple et jamais séparées,
prêtent à ce printemps leurs ailes bigarrées.
Depuis qu' Octobre a vu leur exil dans les airs,
quoi d'heureux a surgi dans ces hameaux déserts ?
Rien. De la pauvre Lise, hélas ! la maison veuve,
six mois après sa mort, va monter blanche et neuve.
Un riche a transformé ce toit de l'ouvrier
en villa, pour l'oisif qui viendra s'ennuyer.

Sur des pieds de granit la hutte rassurée,
fait miroiter le jour sur l'ardoise azurée.

J'aimais mieux l'humble chaume au toit hospitalier,
un lierre, la joubarbe et les fleurs du violier :
jusqu'à ces groseilliers, haie épineuse et vive
où flottaient les gros draps de la blanche lessive.
Hélas ! ils l'ont portée à son dernier manoir,
la Lise...

      Mais, là bas, quel point mouvant et noir
approche ? Après vingt jours de bruïne orageuse,
n'est-ce pas, dans la nue, enfin la voyageuse,
des crochets de son vol l'élan capricieux ?
C'est elle. O doux prophète arrivant par les cieux !
Des ruines de Thèbe elle accourt, l'hirondelle,
retrouver son berceau, son nid d'amour fidèle.
La voilà ! Vers son gîte elle cingle à l'instant :
sa joie a reconnu, le vieux moulin, l'étang,
le ruisseau qui s'enfuit à travers les fleurs jaunes.
Mais d'où vient que, si lasse, elle a franchi les aulnes ?
A-t-elle donc déjà, rapide à tournoyer,
reconnu, dans son deuil, l'absence du foyer ?
A ses sœurs qu'elle afflige elle conte, elle crie
qu'aux rives de la France il n'est plus de patrie ;
et qu'il leur faut, à deux, vers un autre séjour
emporter ce bonheur que marquait leur retour.
Elle fuit : du vallon s'envole un doux présage.

  Hélas ! et maintenant qu'est-il dans ce village,
autour des verts enclos de nos beaux jours témoins ?
Un riche encor de plus, l'hirondelle de moins.

Le Bouleau.

Dans ces bois chers aux loups, jardins de nos manoirs,
l'arbre éveillé d'abord entre les arbres noirs,
le premier qui réponde à la tiède caresse
qu'un soufle d'orient à nos vallons adresse,
c'est le Bouleau. Sa taille est svelte ; sa blancheur
se couronne au sommet de hâtive fraîcheur.
On croit voir se pencher la nymphe au corps d'albâtre,
livrant son voile vert à la brise folâtre.
Le bouleau rit déjà quand mars, dans ses adieux,
cède son ciel de brume au soleil radieux ;
dès que l'astre exilé comme un roi sans patrie
étend son sceptre d'or sur la terre flétrie,
au zénith reconquis s'assied avec orgueil,
et des forêts sans vie illumine le deuil.
Le bouleau, devant l'âme enflammée et féconde,

signale la torpeur où végète le monde,
dit à la terre : « As-tu, sourde aux échos nouveaux,
dans leurs chants du retour méconnu les oiseaux ?
Te laisseras-tu, froide au plus suave empire,
d'un long regard d'amour contempler sans sourire ?
et ne sais-tu, du ciel adoptant les couleurs,
accueillir ses rayons, lui renvoyer des fleurs ? »

Oh ! cet arbre vivant où nos chiffres se posent,
Anna, sous son abri que mes cendres reposent !
Il vit tes premiers pas sous ses rameaux penchans,
ta mère t'endormir aux refrains de ses chants.
Je veux pour dais de mort cet arbre, ô mon idole,
lui qui de renaissance est le premier symbole.

A

Mademoiselle de Flaugergues

sur l'un des souvenirs de son voyage en Portugal

Dans un quartier désert où la blanche Lisbonne
dort sur l'un des côteaux que sa splendeur couronne,
vous cherchiez la maison du poète : un rêveur,
Castilho, que du ciel la sévère faveur
a traité comme Homère, en éclairant son ame
des rayons dont ses yeux ont vu périr la flamme.
Un fastueux hôtel à vous se révéla
près des lieux désignés : marbre et bronze ! Est-ce là ?
Non ; dans ce haut palais, sans rêve hélas ! habite,
pauvre millionnaire, un morne israélite.
Plus loin ; et sans effort si vous poussez soudain
l'huis rustique entrouvert d'un modeste jardin,
c'est ici. D'un étage avec ses trois croisées
aux balcons odorans et de fleurs pavoisées
se forme son Tibur. Quel varié feston

du sol au toit de mousse orne l'humble fronton !
D'un pâtre de l'Algarve on dirait la chaumière.

D'un serviteur blanchi la marche hospitalière
vous guide en un salon dont les simples pourpris
revêtent des tableaux ; où les nattes de riz
étendent sous vos pieds la fraîcheur qui repose.
En ce réduit voilé double rempart s'oppose
au soleil : blanche soie en store aux plis mouvans,
rideau de laurier rose agité par les vents.
Voulez-vous, attendant que le barde survienne,
la neige des sorbets, tradition ancienne ?
l'éventail africain ? quelques fruits précieux ?
Préférez-vous plutôt désaltérer vos yeux ?
Quatre bustes sont là, chers aux Lusitanies,
de la guerre ou des arts tous fraternels génies,
tous d'un noble passé vieux ou jeunes témoins :
Gama, Valdès, Don Pèdre, et le grand Camoëns !

Quand vinrent vous fêter l'épouse et le poète,
et les rivaux de gloire amis de sa retraite,
c'était l'heure où déjà dans leur fleuve vermeil
descend de l'Estrella le splendide soleil.
Qui fit avec amour plier les jalousies
pour vous verser du soir les fraîches ambroisies,
et charmer vos regards d'horizons merveilleux ?
L'aveugle.
    —« Bords aimés de la terre et des cieux,
disiez-vous : en quels flots de pourpre occidentale

cet astre qui décroît, se reflète et s'étale !
On dirait, ruisselant d'un magique trésor,
tous les vaisseaux du Tage ornés de voiles d'or.
Les plus voisins de nous semblent sur les terrasses,
au-dessus des palais, des monumens, des places,
se balancer parmi vos orangers en fleurs ;
et les plus éloignés, ceints de mille couleurs,
semblent d'oiseaux errans quelque vol fantastique
sur des ailes de feu regagnant l'Atlantique.
Que béni soit le dieu qui sait tenir ouverts
de faibles yeux mortels où se peint l'univers ! »

Et l'aveugle debout, plein d'un secret bien-être,
la paupière abaissée, auprès de la fenêtre,
écoutait. A ces mots, il s'enivrait d'amour,
pour un bienfait à lui dénié sans retour.

— N'est-ce pas que c'est beau ? dit-il avec extase,
les purs adieux du jour dont l'Océan s'embrase ?
Dites-moi que c'est beau ! Dites que vous l'aimez,
ce spectacle des mers et des cieux enflammés.
C'est pour le voir par vous, pour vous l'entendre dire
qu'au sommet des hauts lieux l'infirme se retire,
loin du monde et du temple où, chrétien, son devoir
l'appelle au jour naissant et quelquefois le soir.
Votre admiration me rend, par la pensée,
jusqu'aux fleurs, rêve enfant de ma vue éclipsée.

Que vous auraient-ils dit, les poètes rivaux,

assemblant en bouquet leurs plus beaux vers nouveaux ,
où vint la poésie éclater davantage ?
car ce soir-là comptait dans un humble hermitage
pour payer tout l'honneur que tu lui prodiguais ,
Muse, l'élite en fleur du Pinde portugais :
Bonfim, Alméida, Riégo qu'on regrette...
le sang de Riégo ressuscité poète!
Mais rien dans votre cœur n'eût si haut retenti .
Les vers étaient pensés, cela c'était senti.
La poésie écrite est belle ; mais plus belle
vivante, improviséę au cœur qui la révèle.

Journée de pluie.

Que s'est-il donc passé durant mon lourd sommeil ?
Voici, je crois, le jour ; mes yeux s'ouvrent à peine :
dans mes nerfs allanguis quelle fatigue vaine !
Qu'ai-je fait de ma force ? Où donc est le soleil ?
Doux soleil ! Il me faut ta clarté printanière,
ton caressant'sourire en nos bois revenu :
car, aujourd'hui, quittant la cité casanière,
mon vieil ami viendra, vingt mai, jour convenu ,
pousser jusqu'en nos champs l'école buissonnière.

Que vois-je ? l'horizon, d'ombres circonvenu !
la pluie, à flots pressés, bat les vitres ternies : —
voilà de ma torpeur les causes définies !
Que tout est morne et gris ! La nue est sur nos toits :
on dirait que le monde expire au front des bois.
Le ciel est dépeuplé, les campagnes muettes ;
le lièvre, plus peureux, s'enfonce en ses retraites ,

nul oiseau dans les airs ne hasarde son vol.
Quel insecte en spirale ose percer le sol ?
Au pied du lit, mon chat, assis dans son bien-être,
regarde avec pitié ce temps par la fenêtre.
Si, trop prompte, une abeille aux instincts travailleurs,
a fui l'or de son miel pour le chercher ailleurs,
elle aura prudemment, contre l'onde abritée,
caché dans quelque fleur sa tête veloutée.
Mais la rose est surprise ; et l'incessant affront,
sa coëffe rabaissée, incline son beau front.
L'hirondelle se tait, et retranche, obstinée,
sa frayeur sous l'auvent de notre cheminée.
Oh ! qu'il est triste, ainsi, de voir du firmament
tous ces barreaux serrés tomber obliquement !
Sommes-nous, Saint-Médard, voués à la torture
de voir une prison où riait la nature ?

Mais que midi s'élève ! Espérons. C'est l'instant
où le soleil, plus fier, sait détrôner l'autan.
A nous, char d'Apollon ! En son docte courage
mon vieil ami connaît les chances de l'orage,
et le soleil et lui vont percer l'horizon.
Alerte ! Occupez-vous des soins de la maison ;
que le plus vieux Xerès s'exhume de son sable ;
de crème, au lieu de fleurs, ornez, chargez la table,
sans avoir, à sa droite, oublié de servir
le flacon de Dantzic, et l'Horace-Elzévir.
Eh quoi ! vous hésitez ? vous balancez la tête ?
prétendez-vous sur nous voir rester la tempête ?

Regardez donc le sud ! — Hélas ! oui, tout est noir ! —
et le vent orageux pousse encore au manoir.
Mais n'importe, il viendra ! — Prenez trois parapluies,
courez ! — Manteau pesant, pour qu'en paix tu t'essuies,
ranimons du foyer l'hospitalier fagot.
Mais l'épaisseur des murs a reçu l'escargot :
nul être ne veut donc braver l'intempérie ?
Mon philosophe, adieu ta présence chérie !
Voyez, dernier indice au déluge maudit,
l'eau qui descend globule et sur l'eau rebondit.
Au même maître, hélas ! la sinistre journée !

Si j'allais dans les champs, vers lui, d'une tournée
risquer les pas ? Que voir ? Sur des terrains mouvans
les troupeaux sans pâture et battus par les vents ;
la brebis au milieu des sables qu'elle creuse
refuser à l'agneau sa mamelle fangeuse.
Le loup, sûr d'être seul dans le bois tout entier,
traîne sa queue humide au plus royal sentier.
Le corbeau vers les monts porte, en criant, son aile
que rompt le poids de l'air, d'où l'eau des cieux ruisselle.
La nuit se hâte et tombe, ainsi que le vautour,
sur ces champs désolés qui n'ont point vu le jour.
Est-ce l'enfer de pluie imaginé par Dante ?
O Dieu du solitaire ! à sa prière ardente
enverrez-vous demain un moins triste appareil,
et pour le visiter l'amitié, le soleil ?

La rège de Marie,

ou

les Moissonneurs, [1]

— Marie, éveillez vous ! — Ma sœur, je ne dors pas.

— Il est passé minuit, déjà descend la lune ;
et voilà nos voisins sur la friche commune,
qui de couper leur seigle ont commencé là-bas.
Le coq va s'éveiller !
                        —· Ce n'est point la paresse
qui me retient, enfant. — Non, vous pleurez sans cesse,
sans courage à la danse et sans plaisir à rien.
— C'est que je suis trop seule ! — Et qu'il vous faudrait bien
un compagnon des champs prompt à lier vos gerbes,
n'est-ce pas ?
                —Ton agneau, petite, veut des herbes,
va ; reviens sans tarder la faucille à la main,

---

[1] On appelle une *rège*, en Berry, un sillon de labourage. Il n'est pas rare que la récolte de cette petite portion de champ appartienne, en apanage, à la fille aînée de la maison. Quelquefois aussi, on ajoute ce léger profit aux quinze écus que demande pour gages d'une année la servante de la ferme.

du champ des Cailloutis nous prendrons le chemin.

— Notre père a rejoint les valets dans la plaine.

Le beau couple d'enfans, dont l'une compte à peine
douze ans, presse ses pas vers les jaunes épis.
Les oiseaux dans la *traîne* encor sont assoupis.
Le soleil ne dit point dans les cieux encor sombres
ds quel côté son disque emflammera les ombres ;
l'alouette surprise aux champs silencieux
n'ose encor sans clarté s'envoler vers les cieux ;
mais le vent d'Est annonce au peuplier qui bouge
qu'au revers du coteau, l'aube va monter rouge
comme la vierge sage écoutant des aveux.

Bientôt les travailleurs basanés et nerveux
ont courbé la moitié de la récolte mûre :
Mais quel brûlant midi ! sous la soif on murmure,
et le mol océan de la blonde moisson
balance encor ses flots jusques à l'horizon.

Les taureaux abrités sous l'ombre du troëne,
la petite, en baignant ses pieds dans la fontaine,
et d'un espiègle rire amusant les échos,
a tissu les bluets et les coquelicots ;
puis court, sous des bouquets dont s'orneraient deux fêtes,
du couple effarouché fleurir les larges têtes.

Allons ! pendant votre heure accordée au repas,
de la glaneuse à vous laissez venir les pas.

Diéu concède à l'oiseau le grain qui fait sa joie :
le pauvre, en vos sillons, c'est Dieu qui vous l'envoie.
A l'aide des chansons, des innocens bons mots
légués par nos aïeux, quand on chôme aux hameaux,
laissez passer du jour le zénith formidable ;
opposez quelque trève au poids qui vous accable ;
retrempez votre force au fond du broc vermeil.

Mais Marie à l'écart n'a ni soif ni sommeil,
n'entend dans le discours aucun mot qui la touche
et tout bas un seul nom, Evrard, est sur sa bouche.
— Oh ! qu'il nous faudrait bien, dit le vieux laboureur,
un ancien compagnon de mon premier labeur ;
celui qui la sema pour moissonner la terre !
Et toi tu restes là, pensive et solitaire,
ma fille ; et ce seul mot, il te fait tressaillir ?
Et ta rège avec lui, qui viendra la cueillir ?
car deux associés en avaient le partage.
Coupons-la, si tu veux ; avant que l'attelage
ne vienne t'emporter sur le char haut et lourd
qui vers la métairie hâtera ton retour.

—Non, je reste avec vous. Voyez-vous pas, mon père,
sur la route là-bas, du côté que j'espère,
un soldat ?
          — Quel espoir viendrait donc t'agiter ?
— Le cœur est si crédule et prompt à palpiter !
J'ai rêvé que ce jour aux labeurs nécessaire,
de la moisson passée était l'anniversaire.

Ce soldat.... si c'était un camarade à lui !
Il vient de ce côté. Son schako noir a lui.
Il s'arrête : on dirait qu'il veut nous reconnaître.
Il franchit l'échalier qui s'appuie au grand hêtre.
Voyez ! il a quitté sa veste de chasseur,
pris la faucille aux mains de ma petite sœur,
et le voilà qui vient en se mettant à l'œuvre,
nous aider comme un fort et courageux manœuvre :
oh ! c'est lui !

     — Cher Evrard, dit le père à l'instant,
par ici, par ici ! c'est ici qu'on t'attend.
Comment ! par deux galons ta fortune avancée !

  — Un congé de six mois !
               — Voilà ta fiancée.

Art.

Au siècle qu'on dit grand — siècle de servitude-
où d'un regard de roi Racine allait mourir —
Despréaux dit aux vers, leur prescrivant l'étude :
« La rime est une esclave et ne doit qu'obéir. »

Aux jours républicains, tes disciples, Voltaire,
éminent philosophe, artiste secondaire,
dans leur molle pratique ont trop su répéter :
la rime est une esclave et doit se révolter.

O mon siècle enfin juste, acquiers le droit de dire,
si l'art et la raison suivent le même cours :
la rime — sans subir ni braver son empire —
la rime est une amie, accueillons son secours.

Éliette.

Dans un bourg de la Marche, assis à la veillée,
pendant que la mémoire encore émerveillée
des vieux débris romains croulans de toutes parts,
je crayonnais pour moi leurs souvenirs épars :

— Contez-moi quelque histoire où coulera la Creuse,
dis-je à la jeune fille à mes côtés rêveuse.

— Hélas ! je n'en sais point, dit-elle. J'avais bien
une amie autrefois : ce don était le sien,
mais deux ans ont déjà passé sur sa mémoire.

— Eh bien ! de votre amie apprenez-moi l'histoire.

— Hélas ! Monsieur, c'était un soir, soir de Noël,
des messes de minuit le retour solennel.
Elle avait fait un vœu, ma cousine Eliette : —
C'était là son doux nom, voyez-vous : — la fillette
avait eu pour parrain Elie, un taillandier.

Ce vœu qui l'obligeait, c'était d'aller prier
à l'église, assister à ce lointain office
qui se chante bien loin, dans les bois, à Saint-Brice.
Cette nuit-là le ciel n'avait point de fanal :
la vieille mère au lit se plaignait d'un grand mal ;
laisser sa fille aller lui paraissait peu sage,
mais la fille en sa tête avait mis ce voyage,
pensant qu'il était bien, pour sauver sa maison,
de prier : et je crois qu'elle avait bien raison !
J'étais là, je voulus l'accompagner sur l'heure :
— Non pas. Ma mère souffre, à la soigner demeure.
— Ma fille, attends ici que la lune du moins
se lève. — Il se fait tard, ne prenez tant de soins.
—Que fais-tu donc?—je mets mes sabots.—Mais ma chère,
on glisse davantage. — Et la neige, ma mère !
— Reste. encore une fois je t'en prie. — Et pourquoi?
Hélène vous saura donner à boire ; et moi
j'implorerai pour vous la Vierge, sa puissance :
du saint enfant Jésus c'est demain la naissance.

Elle embrassa sa mère et partit. Je suivis
ses pas jusqu'au torrent qui tombe au Mont-Levis
(vous savez, la rivière en vos tableaux dépeinte).
Nous avions, car c'était dans l'hiver, quelque crainte ;
nous étions bien deux, mais c'était minuit. Les loups,
les morts, et du grand vent les lamentables coups !
On aurait dit au loin des plaintes, des menaces.

— Oh ! quand j'aurai gagné la croix des deux Ajasses,

dit Eliette, alors s'en ira bien la peur.
Je n'aurai qu'à franchir (le pas n'est point trompeur)
le petit pont; ensuite à monter dans la brande
où jamais comme ici la nuit ne se fait grande.

J'entendais la rivière, au moment d'approcher,
crier grosse et terrible au pied noir du rocher !

    — Ne va pas plus avant, toi, ma mignonne Hélène,
me dit la pauvre enfant. Ma mère est dans la peine,
il lui faut son eau d'orge. — Eh ! laissez-moi d'un pas
vous suivre encor. — Nenny. — Si fait ! — Je ne veux pas;
je saurai bien, sans toi, trouver la passerelle.
Je connais la planchette, elle est forte, nouvelle ;
je prendrai la grand'perche où se tient le passant.

    Elle sourit alors, partit en m'embrassant,
et se mit à courir pieusement pressée.
    Je revins seule, moi, soigner la délaissée.
Je gagnais, je voyais les chaumes des maisons,
j'étais bien folle, dis-je, en mes terreurs : Allons !
les vents sont apaisés, la lune a monté pleine,
tout est calme à présent, clair et beau dans la plaine.
On dirait sur nos prés les draps si doux, si blancs
des noces. Ces sorciers accroupis et tremblans,
qui voulaient nous jeter leurs manteaux aux épaules,
c'étaient nos vieux buissons de ronces et de saules
qui sont pendant l'été de fleurs si bien garnis,
où nous trouvons, après, des mûres et des nids.
Ce lointain feu-follet n'était que la lumière

qui fait veiller Francy dans sa pauvre chaumière.
Oh ! le printemps viendra ! mon frère est amoureux,
l'amoureux d'Eliette . Ils seront bienheureux !

Quand je rentrai : —Quel temps fait-il, dit la malade.
— Beau, pour l'instant. — Jésus ! c'est une promenade,
je suis contente alors que ma fille ait prié.
Le bon Dieu de nous deux a donc quelque pitié ?
Tout un quart d'heure, Hélène, il faut que je sommeille :
quand ma fille au logis reviendra, qu'on m'éveille.

La mère s'endormit peu d'instans : et voilà
qu'avec un long soupir d'angoisse, elle parla :

— J'ai rêvé qu'un bel ange appelait ! La petite
est-elle revenue ? — Oh ! tante, pas si vite !
c'est bien loin : puis la messe, un prône encor de plus,
deux courses!—Mais quelle heure?—A peu près l'Angélus.

Eile se retourna vers le mur. Notre lampe
s'éteignit. Au dehors hurla son chien Mélampe.

—Eliette ? reprit, quelques instans après,
la mère . —On la retient, on aura fait des frais,
réveillon. Sa marraine et l'enfant qu'elle amuse...
Des jeunesses viendront avec la cornemuse
lui faire la conduite.
                        Enfin le jour tardif
parut. Je ne pouvais, d'heure en heure plus vif,
déguiser mon souci. Vingt fois j'ouvris la porte.
La mère, au point du jour retrouva, presque morte,

la force de lever, d'habiller son vieux corps,
et d'aller, sur mon bras s'appuyant au dehors,
au devant de sa fille. Ah! cette nuit si lente
avait été, Monsieur, glacée, étincelante,
tranquille! Rien n'avait pendant un temps si long
changé; rien ne bougeait dans ce morne vallon.

Nous reconnaissions bien, nous suivions bien la trace.
—Mère, dis-je, elle m'a quittée à cette place.
—Je le vois: deux pieds, ses petits pieds de faon;
courage! suivons-les; c'est encor mon enfant.

Mais arrivée au bord de l'eau, ma peur secrète
vit ces deux mêmes pieds entrer sur la planchette,
se marquer jusqu'au tiers sur le passage étroit,
puis cette double empreinte, en une à cet endroit,
formait, large et confuse, une place éboulée,
et plus loin reposait la neige non foulée.
A peine on y voyait l'ongle du roitelet
qui cria devant nous, qui bien loin s'envolait.

Épargnez-moi la fin, Monsieur. La pauvre mère
ne voulut rien comprendre, et sa douleur amère
pourtant ne fit qu'un cri du pré jusqu'aux hameaux.
Je m'étais arrêtée à voir dans les rameaux,
violemment tordus au fil des courans jaunes,
s'ils traînaient un débris dans le creux des vieux aulnes.

Les parens d'Eliette, hélas! aucun bedeau,

ni curé, ni pastours descendus du coteau,
n'avaient vu d'Eliette entrer au presbytère,
et nul ne la verra jamais sur cette terre.

Connaissez-vous au bout du grand pré Viala
le gué qui n'est pas loin du noir-gouffre ? C'est là.

— J'ai parfois en effet, longeant ces eaux perdues,
vu planer une orfraie aux ailes étendues !

Le Sérail.

Le poète est sultan. Ne croyez si novice,
trop sage, exempt d'amours, de harem, de caprice,
le cœur aventureux qui s'abandonne aux vers.
Roi des fraîches houris, ses bonheurs sont divers.
Il abrite en son toit, sous son joug il rassemble
trente rians sujets rivalisant ensemble ;
les choisit, les essaie, et passe tour à tour
de la beauté d'hier à la beauté du jour.
Son domaine est pourvu de graces variées,
dignes, à tous les goûts, de se voir mariées.
Blonde, brune, agaçant ou langoureux trésor,
chacune a son visage et diffère en son port.
La douce alternative occupe sa pensée.
De soins pour une sœur, jamais nulle offensée
des transports du sultan ne se compose un fief :
les attraits d'une belle ont mis l'autre en relief.

Telle est vague et pensive ainsi qu'un jour d'automne :
vous verriez sur son front se nouer en couronne
la paille et les roseaux, que sa main rallia
aux bords du lac si pur où dort Ophélia.
Elle appuie aux bouleaux sa mourante énergie,
elle est pàle, elle est blonde, elle a nom : l'Élégie.

Une autre, aux bonds hardis, la chevelure aux vents,
égare son génie, en essors décevans :
c'est l'Ode. Illusion maintes fois échappée,
en robe de brocard, la rebelle Épopée
par de constans refus irrite ses ardeurs.

Puis, mèlant la malice aux naïves candeurs,
la voilà, la Chanson, qu'un soir, hôte folàtre,
lui prèta Béranger, pour égayer son àtre.
Ensuite, une autre fée, intrépide en ses goûts,
survient : c'est la Satire aux généreux courroux,
du fouet railleur armant sa justice féconde ;
de l'or, des sots, des rois elle venge le monde.
Puis sa petite sœur, l'Épigramme aux yeux gris,
monte sur ses genoux et l'entraîne en ses ris.

Si telle à ses vouloirs un jour ne veut se rendre,
la rivale attentive offre un souris plus tendre ;
et ce cœur, qu'épuisait un seul et froid travail,
vous l'avez rajeuni, voluptés du sérail !

Questions

au Diable.

I.

Etes-vous ce tyran des enfers de Virgile,
qui, sur un char de feu, du Cocyte élancé,
pour atteindre une vierge, amoureux insensé,
brûliez toutes les fleurs sur les prés de Sicile?
Est-ce vous qui régnez sur l'empire des morts,
êtes des maux humains l'agent et le symbole,
voyez Didon pleurer sur d'immortels remords
et contraignez les rois à payer une obole?
Etes-vous dans le ciel des astres le plus beau,
le vainqueur de la nuit, l'étoile au doux flambeau,
Lucifer, devant qui le couple qui s'éveille,
échange en deux soupirs, l'âme à l'âme pareille?

II.

Ou bien, sous ce nom Belzébut,
n'es-tu qu'un bouc noir et difforme,
géant ou nain, qui se transforme,
poursuivant le mal pour tout but?
Es-tu ce monstre ridicule,
forgé par vingt siècles railleurs,
avec un nez fait en virgule,
la corne au front, la queue ailleurs?
Si l'enfer à minuit s'amuse,
si la sorcière est en ébat,
est-ce toi dont la cornemuse
pousse les rondes du sabbat?
et qui gouvernant la fabrique,
la joue enflée et l'œil lubrique,
bondit comme un âne sans bât?

III.

Aux bords où sur des fleurs l'Euphrate se promène,
berçant la bayadère en ses flots caressans,
êtes-vous Arimane, Eblis à l'arc d'ébène,
qui sous son dard de mort terrasse les Persans?
Etes-vous ce Satan de Milton, fier archange,
de grâce et de colère audacieux mélange,
digne, après Jéhova, du noble azur des cieux?
celui qui préféra l'exil, la nuit, la haine
à la soumission stupide où vous entraîne
quiconque prend de roi le nom séditieux?

Est-ce toi, contre Dieu, qui trouvant des complices,
sus guider au combat les célestes milices,
les Séraphins armés, soldats aux casques d'or,
aux accens du clairon, déployant leur essor
sur six ailes de feu ? Gardes-tu dans ton âme,
contre le triple Esus justement révolté,
sous les lacs sulfureux, dans l'abîme de flamme
la haine généreuse et ton cri liberté ?

IV.

Ou serais-tu, hantant les ombres,
les chemins creux, les forêts sombres,
l'effroi de ce rustre badaud
qui craint les vallons dans la brune,
où la tête du vieux château
s'incline à saluer la lune ?
Est-ce toi qui pour m'effrayer
n'étais hier, sur l'autre rive,
qu'une touffe de joncs, plaintive,
se balançant sur le vivier ?
Mon bâton blanc, présent de fête,
de ma main tomba dans ce lieu ;
puis chacun des poils de ma tête
se hérissa droit comme un pieu,
quand d'une toux sourde et profonde
donnant le signal du départ,
Houm ! Houm ! tu déployas sur l'onde
l'aile sifflante du canard !

V.

Si vous étiez Eros, séducteur émérite,
ou Méphistophélès si rapide et si fin
qui sut tromper Adam, attendrir Marguerite,
vous auriez droit, mon maître, à des honneurs sans fin.
Mais s'il n'est, Saint-Michel, au lieu d'un tel génie
que le Nick en besace avec des trous aux bas
que tire par la queue en sa parcimonie
Harpagon, notre roi, je ne le connais pas.

Ah! s'il est tentateur, vainqueur de la jeune Ève,
toujours, au gré d'un vœu qui renaît et l'attend,
l'amant mystérieux qu'une vierge en son rêve
presse, à vide, en ses bras, sur son cœur palpitant;
s'il tue, à se venger, son temps et les victimes,
si, depuis vingt mille ans, il règne en des abîmes,
de son droit, dans le ciel sans s'être départi....
Saint-Michel, défends-moi d'être de son parti!

A

David, le sculpteur.

Quand le dernier romain s'immola dans Utique,
ce fut par une nuit d'hiver. La mer d'Afrique
battait la tour ruinée où le vieux général
bravait de son vainqueur le crime triomphal.
Le vent faisait tourner la fumée en son âtre :
de noyaux d'oliviers un feu triste et noirâtre
jetait par intervalle un jour entrecoupé.
D'ailleurs, selon Plutarque, il avait mal soupé,
ce vieillard admirable. Il sentait sa main droite
s'enfler; car il avait, pour erreur maladroite,
souffleté son esclave, et puis, hors d'à propos,
un bain qu'avant la table et le dernier repos
il s'était ordonné, lui rouvrait chaque pore

à ce froid misérable où l'âme s'évapore,
ce froid qui rend la vie et le monde odieux.

Il fit redemander le glaive qu'à ses yeux
on eût voulu soustraire. Alors, objet de grâce,
(le seul depuis Pharsale offert à sa disgrace)
parut un frêle enfant couronné de jasmins,
portant la lourde épee entre ses blanches mains :
un des fils de son hôte. Or, les amis du sage,
pour fléchir les projets d'un sinistre courage,
avaient imaginé de députer vers lui
l'enfance, où des beaux jours le seul prestige a lui.
Ils pensaient qu'hésitant, vaincue et sans défense,
la vertu sourirait à voir tant d'innocence.

Des pas sourds et légers, glissant sur les tapis,
d'abord n'éveillent point, dans ses sens assoupis,
le stoïque. Il pesait quelque grave remarque
sur Platon ; ou l'oreille, observe encor Plutarque,
il l'avait un peu dure ; ou mieux, son dévoûment
accompagnait Socrate à son dernier moment.

Quand il leva les yeux, attisant, non sans peine,
sa lampe aux feux douteux, de ce style d'ébène
qui venait de tracer ses adieux à Varus,
les gracieux objets dans la tour apparus
le frappent : c'est l'enfant, c'est sa pose ingénue,
l'épée horizontale : elle est bleue, elle est nue.
De l'acier, sous la flamme, alors que vint jaillir
un éclair.... Le soldat tendit pour s'en saisir

sa main affectueuse ; et l'envoyé candide
la cédant d'un souris joyeusement timide,
repart charmé, livrant aux souffles rigoureux
les plis de sa tunique et l'or de ses cheveux.
Il a bien fait sa tâche ! Et sans pouvoir connaître
qu'un rival de César le bénissait peut-être
pour cette liberté de tarir tout son sang,
l'enfant s'est envolé de plaisir rougissant.

Je voudrais voir ce groupe, en sa candeur naïve,
David : prends ton ciseau, parle au marbre et qu'il vive.

Rio d'Arnay.

Elle dort sur les prés dont tu fleuris les grèves,
Rio du vieux couvent. Ne trouble point ses rêves.
Passe, muet et doux, entre les joncs courbés.
Ramiers blancs, qui des cieux sur son front surplombez,
bouvreuils, verdiers furtifs, cachés dans les épines,
apaisez de vos nids les plaintes enfantines.

Passe, ô limpide ami, comme une heure d'amour ;
impose ton silence aux bruits mouvans du jour.
Je semerai tes bords de pain pour les mésanges ;
je chanterai, veux-tu, des vers à tes louanges.
A midi, ton cristal est blond comme le miel,
là rien ne s'est miré qu'une enfant et le ciel.
Elle dort sur les prés dont tu fleuris les grèves,
Rio du vieux couvent ; ne trouble point ses rêves.

Hospitalité de la ferme.

Pourquoi vous excuser d'un fraternel accueil,
et des simplicités qui parent votre seuil,
Humbert? J'ai, sous le chaume honoré par nos pères,
à vos foyers amis passé trois jours prospères.
Que nous a refusé cette agreste maison
des trésors du château qui monte à l'horizon?
Là bas, souvent le luxe a proscrit le bien être :
tous les vœux sont chez vous prévus avant de naître.
Au lieu des vingt laquais d'oisiveté rivaux,
la providence, en vous, veille aux hôtes nouveaux.
Point de meubles d'hier, d'âtre sans feu, d'alcôves
où vous allez transir, pieds frileux et fronts chauves.
Les fauteuils ne sont d'or, les flacons de cristal,
mais tout rit d'abondance au toit patriarchal.

Si j'avais soif, là bas, des cent vins qu'on frelate,
il faudrait invoquer la livrée écarlate

postuler un fragment de leur pain sans saveur,
de l'eau même ou du sel mendier la faveur.
Ici, d'un seul bordeaux les nombreuses bouteilles
appellent mes deux mains sur leurs têtes vermeilles.
Le rôti fantastique et les fruits de carton,
là bas, luxe fossile étalé par bon ton,
souvent à l'appétit sont un piége emphatique :
tout tient ce qu'il promet sur la table rustique.
Le savoureux pain bis double l'appât des mets,
la blanche poule au pot fait envie aux gourmets.
Le café, c'est, ami, boire en votre laitage
le soleil d'orient, les fleurs du pâturage.

Il est peu d'étiquette en ce simple manoir :
on se chauffe en juillet si le ciel devient noir :
Pâque et la saint-Martin n'impliquent point coutume
pour qu'un foyer s'éteigne ou qu'un fagot s'allume ;
chez vous le souper fait, si le jour a fléchi
sous les vents du côteau, si l'air s'est rafraîchi,
on passe en un parloir, ample et commode chambre
où pour courtiser l'âtre on n'attend point décembre,
où l'on voit du sarment les ris se déployer
au lieu d'un froid dessin qui défend leur foyer.
Ce familier salon, appétissante usine,
peuplé de travailleurs aimés, c'est la cuisine :
c'est le réduit flamand où le long des dressoirs
le cuivre et l'étain clairs font assaut de miroirs.
Là, d'un large escabeau chacun trouve les aises :
un chêne caverneux tout entier tombe en braises ;

et l'éclair des fusils posés sur leur rateau ,
de l'ample cheminée illustrent le manteau .

Au silence occupé si quelque voix fait trève ,
c'est le fuseau qui chante ou c'est Médor qui rève :
car autour des landiers et sous vos pieds tapis ,
quinze ou vingt chiens chasseurs sont roulés en tapis.
Avons-nous bien déduit tout sujet qui vous touche ?
prions Dieu pour la France et gagnons notre couche :
près du mur sans papier , mais clos de toute part,
un grand lit que la serge enceint d'un chaud rempart
s'étend sur le noyer : lui, pur de couleurs feintes ,
de l'acajou brisé n'imite point les plaintes .
Là , je rève : et je vois qu'en sa grace avorté
l'habit de la fortune est souvent mal porté .

A ses argus.

Oui, je l'aimais, jaloux ! — Ce culte légitime,
il était ma vertu dont vous fîtes un crime.
Qui donc, s'il n'est ému d'un généreux essor,
eût osé d'un tel cœur envier le trésor ?
Allez, des purs instincts nos penchans sont prophètes,
dites qui vous aimez, je dirai qui vous êtes.

Des profanes ardeurs assez j'ai bu le fiel,
l'été fuit : je marchais vers un rayon du ciel.
J'étais fier et meilleur par ces ardens hommages,
je l'aimais sans calculs, je la servais sans gages,
En ses pieux conseils comme en un port sauveur,
par elle de la foi j'ai compris la ferveur.
Et vous pensez en moi détrôner sa puissance ?
Je jure à vos vouloirs la désobéissance.
O mon cœur ! à la paix que Dieu rende ses jours,
sans la revoir jamais, nous la suivrons toujours.

Le matin.

A M. Ernest Périgois.

Votre réveil-matin ce n'est point la gazette,
c'est le clairon du coq, l'hymne de l'alouette.
D'un pas lourd, vos taureaux partent pour les guérets ;
à leur piquant juchoir vont les chardonnerets.
Vous avez pour tableaux, pour amples galeries,
l'horizon des forêts, la brume des prairies.
Là, c'est la marguerite éclatant de fraîcheur,
qui d'un ourlet de pourpre a bordé sa blancheur ;
sous les pleurs de la nuit la mousse reverdie,
le merle ouvrant l'orée à sa fuite enhardie.
Quand l'aube vient sourire en son frais appareil,
la goutte de cristal enflammée au soleil,
on la voit attestant la rosée assidue
reluire à chaque feuille en perle suspendue.

Là bas pour perspective est au front des coteaux
notre église, et son porche aux gothiques arceaux :
mosaïque où le pauvre apporte ses besaces,
plafond où l'hirondelle a sculpté ses rosaces.

Oh ! pourquoi, jeune ami, perdant ma liberté,
du hameau pour la ville ai-je un soir déserté ?
Taillis de Bonna-voie où la paix se recueille
bords de notre ruisseau, l'ombragé Trainefeuille,
j'eusse là d'un aïeul gardé le toit chéri.
Que ne l'a-t-on laissé, l'enfant du vieux Berry,
près de sa sœur de lait, la simplette Suzanne,
pâturant ses brebis aux bords de la Boulzanne ;
et du bâton d'érable heureux de s'étayer,
de Neuvy-Saint-Sépulcre indolent métayer !

Échecs et Cigares.

Solennels désœuvrés , fronts aux doctes pâleurs
qui , sur l'étroit champ-clos marbré de deux couleurs ,
manœuvrez les échecs , soldats automatiques
moins que ceux qu'on égorge en des jeux stratégiques ;
et vous qui , dans la nuit d'un tabac odieux
perdez jusqu'à l'aspect des femmes et des cieux ,
puis livrez votre vie aux journaux consumée ,
tristes accapareurs de prose et de fumée ,
soyez plus indulgens pour quelque autre travers :
trève à vos fiers mépris pour les oisifs en vers .

Certes ! quelque avantage est de laisser sans trace
un plaisir ondoyant qui loin de vous s'efface :
Les plaisirs du rimeur s'habilleront en noir
et peut-être demain se laisseront trop voir .
Votre erreur est aux vents, que la mienne s'expie !

Vous , héros du damier , champ de bataille pie ,
plus semblables à nous , frappant d'un coup de poing
votre front, dur caillou d'où l'éclair ne luit point ,
quand nous faisons lutter la rime et l'hémistiche
vous opposez la Tour au Cavalier qui triche .
Dans le double labeur qui nous vient traverser
on vous voit, comme nous, entreprendre, effacer ;
et quand des Fous au Roi votre essai s'oriente,
dessiner de la main plus d'une variante .
Comme vous nous changeons avec acharnement :
tel vers qui nous plaisait ne nous duit qu'un moment .
Quelquefois sur la page encore intacte et pure
ma plume a commencé par tracer la rature :
justice qui répond à tel penser nouveau
qu'un remords précurseur efface en mon cerveau .
Et voilà quel damier je maltraite en complice ,
flétri par une marque absurde et noir supplice ,
stigmate de faux goût qui te souille à jamais ,
blanc collaborateur, vélin qui n'en peux mais.

Suivant dans leurs leçons Palamède et Tydée ,
vous marchez à l'échec, nous jouons à l'idée .
Il est moins d'innocence à tels désœuvremens :
passer Roi , par exemple et trahir ses sermens ,
de quelque indigne amour s'ériger en apôtres...
Amis , ne disons point de mal les uns des autres .
Que voulons-nous ensemble en nos efforts constans ?
tromper deux ennemis : notre cœur et le temps .

Une nuit d'Écosse.

Oh ! respectez les toits que lo chaume a couverts
et de vos dards sifflans n'armez point les hivers,
orages du Loc Nith ! Nuit, déchire tes voiles
et rends aux voyageurs le flambeau des étoiles !
J'entends, j'entends rugir les torrens débordés :
le lac étend ses flots sur nos champs inondés ;
la lune, qu'assombrit là-bas le bois d'érable,
nous refuse à minuit sa pâleur secourable.

Esprits gardiens des bois, soutenez son coursier,
guidez-le sur les bords du périlleux sentier ;
veillez, quand l'âpre nord détournant son haleine,
s'affranchit des forêts ; qu'il glisse sur la plaine,
emporte les oiseaux dormant sous le hallier,
les débris tournoyans du chaume hospitalier,
et le blanchâtre plaid de l'églantier sauvage
qui, comme un spectre armé, s'élance à son passage.

N'ai-je pas entendu des soupirs , une voix ?
C'est le cri du mélèze arraché dans les bois.
Starry, sous l'éperon soutiens ta noble tête !

Mes enfans , vous dormez ! vainement la tempête
gronde , s'irrite , approche , et sur le seuil mouillé
bat les tristes rameaux du sureau dépouillé .
Peut-être que d'un rêve , enfans , l'erreur prospère ,
près du foyer brûlant vous montre votre père :
de l'orange promise il ouvre les flancs d'or...

Hélas ! voyez le ciel : qu'il est en deuil encor !
Une étoile ! — Oh ! parais ! sers de guide , de phare ,
au voyageur lointain que le vertige égare .
Que dis-je !.. elle a prêté ses lugubres clartés
à la nuit où nos bois , de meurtre ensanglantés...
Grace ! grace mon Dieu ! de ces pensers funèbres
affranchissez mon cœur qui bat dans les ténèbres .
Heure de la détresse., heure de la pitié ,
de mes jours pour les siens. épuisez la moitié !

Mais la porte a gémi dans la première enceinte.
Écho, propice écho, repète encor ta plainte !
S'ils venaient sur le seuil m'apporter des lambeaux ?
Mes enfans ! irez-vous pleurer sur deux tombeaux ?
Non ! le ciel prend pitié du tourment qui m'assiége :
c'est lui ! je l'aperçois sous son manteau de neige.
Oh ! c'est toi ! Quel sentier retenait donc tes pas ,
quel saint du paradis te dérobe au trépas ?
Fidèle et noir coursier, c'est toi qui le ramènes !

Elle dit, et son bras s'enchaînant dans les rênes,
elle a caché le front du serviteur aimé
dans la douce tiédeur du sainfoin parfumé.
Il hennit sous la main qui flatte et récompense.

L'époux, de ses enfans va chercher la présence ;
la fatigue n'est plus, ses maux lui sont remis.
Dans leurs berceaux, dit-il, tous les trois endormis !
Compagne de mes jours, ange de la chaumière,
le ciel fléchi par toi me rend à ta prière :
laisse-moi des frimas oublier la rigueur,
et respirer ton souffle et dormir sur ton cœur.

SUR

La future loi politique.

Telle, en Pallas, la pierre à grands traits ciselée
au front de quelque tour par l'orage ébranlée,
quelquefois aux regards des pâles assistans
hésite, va, revient, se balance longtemps.
Mais enfin sous son poids captive ensemble et libre
elle sait conquérir l'immuable équilibre
et lasse de flotter dans un trouble inquiet,
sur sa base à jamais se rassure et s'assied.

Rimenbranza.

Rappelez-vous ces jours sans luxe mais sans trouble,
où dans la paix des champs, dont le bonheur se double,
nous passions au hameau nos jours désoccupés.
Des mensonges humains deux êtres détrompés,
vers tout ce qui n'est pas rêvant avec constance,
oubliaient, compensaient la réelle existence.
Frileuse au moindre vent de la montagne issu,
un schall, un blond chapeau que Florence a tissu,
vous couvraient. Du logis nous regagnions le voile,
alors que du berger nous l'avait dit l'étoile.
N'étions-nous pas d'Aulnay les plus simples colons?
Nos grands événemens c'était sur ces vallons
les vents ou le soleil, les oiseaux ou la pluie.
Au monde indifférens, tout à la poésie,
nous allions voir de feux l'occident s'embraser;
sur l'étang, qu'en son vol il essaie à raser,

le nocturne hibou , noir songeur , dont la Grèce
orna le front armé de l'auguste Sagesse.
Hermite , à la nuit tiède il s'éveille en son lit :
contre ce misanthrope un préjugé vieillit .
Nous pensions , aux lueurs de la nuit transparente,
de Jean-Jacque à l'écart rencontrer l'âme errante.

Le faste et la grandeur n'habitaient point nos toits
mais nous avions souvent remarqué dans les bois ,
qu'à côté de la rose , en sa pourpre orgueilleuse ,
ne fleurit pas sans charme une humble scabieuse ;
et qu'auprès du grand chêne au séculaire essor
la viorne où l'armoise avait sa grace encor .
Là nous aimions , parlant des monarques , des sages
dont la philosophie erra dans tous les âges ,
à voir dans les sillons de l'astre prêt à choir ,
se croiser les ballets des moucherons du soir.

Nous aimions les sentiers d'où la lune s'exile ,
les éclairs disparus de l'étoile qui file ,
et ces lointains appels dans l'espace amoindris ,
qui vont sous les blés noirs avertir la perdrix .
Ainsi , tantôt aux cieux , tantôt rêveurs sur l'herbe,
de la langue des morts un vieux et chaste verbe,
lequel sut de Montaigne exprimer les plaisirs,
le mot FANTASIER résumait nos loisirs.

—

Une Scène de Schiller.

La chaumière de Guillaume Tell. — Le feu brille dans le foyer.
La porte entrouverte laisse au loin découvrir les Alpes.
HEDWIGE, femme de Tell, WILHEM et WALTER, ses deux
fils, puis UN INCONNU, puis GUILLAUME TELL.

HEDWIGE.

Mes enfans, il est libre ; il revient, jour prospère !
Soyez fiers et joyeux ; car il est votre père
celui dont la main forte a sauvé son pays.

WILHEM.

Et moi, ma mère ! embrasse et console ton fils.
J'ai vu cet appareil du supplice et des armes,
l'effroi dans tous les cœurs, dans tous les yeux des larmes.
Qu'on parle aussi de moi ! Quand le trait a volé,
il effleura ma tête et je n'ai pas tremblé.

HEDWIGE.

Oui, deux fois j'ai senti, toi que Dieu me renvoie,
de t'avoir enfanté la douloureuse joie !

WILHEM.

Ma mère, un saint hermite approche de ces lieux,
il demande sa route, ou quelques dons pieux.

HEDWIGE.

Qu'il entre, mon enfant. Ses forces rappelées,
montrons-lui quel bonheur visita nos vallées !

WILHEM, à l'inconnu.

Que vous semblez souffrir ! venez, pâle étranger.

WALTER le plus jeune.

Ma mère, par ses soins, te viendra soulager.

L'INCONNU.

Où suis-je.. et sous quel toit m'offrez-vous cet asile ?

WILHEM.

Reconnaissez Birglen ; c'est un hameau tranquille.
Là, du canton d'Uri commencent les détours :
d'Altorf, au pied du lac, voyez monter les tours.

L'INCONNU, à Hedwige.

Lorsqu'à mes longs malheurs enfin quelqu'espoir brille...
Votre époux ?....

HEDWIGE.

Dieu, ce soir, le rend à sa famille.
Mais par nos humbles dons que vos sens raffermis...

. L'INCONNU .

Non ; je n'accepte rien que vous n'ayez promis.....
Ne me trahissez pas !

HEDWIGE .

D'où vient que, suppliantes,
vos mains portent mon voile à vos lèvres tremblantes ?

L'INCONNU .

Femme, au nom des vertus, des douleurs de la Croix,
par l'hospitalité (le plus sacré des droits !)
par le front de vos fils que je baigne de larmes...

HEDWIGE.

Jamais vos saints habits n'ont caché tant d'alarmes .
Je cherche en vain la paix sur ce front consterné .

L'INCONNU .

Vous voyez des bannis le plus infortuné .

HEDWIGE .

Ah ! parlez ; l'infortune en nos cœurs trouve place :
cependant votre aspect et me trouble et me glace .

WILHEM .

Ma mère ! entends sa voix et ses pas triomphans ,
le voilà .

HEDWIGE .

Mon époux !

WALTER .

Mon père !

GUILLAUME TELL.

Mes enfans !
Chère Hedwige ! Le ciel a payé ma constance,
et de son saint appui m'a prêté l'assistance.
Effacez vos regrets, point de pleurs superflus ;
nul tyran, nul malheur ne nous sépare plus.

HEDWIGE.

Cher Tell !

G. TELL.

Oublions tout. Là voilà, ma chaumière :
chaque objet en ces lieux m'attache à la lumière !

WILHEM.

Mon père, qu'as-tu fait de ton arc redouté ?

G. TELL.

Tu ne le verras plus, mon fils : on l'a porté
sous le dôme élevé de nos pieux portiques ;
il ne doit plus servir à des exploits rustiques,
à l'autel consacré mes vœux l'ont suspendu.

HEDWIGE.

Après quels attentats mon époux m'est rendu !
Puis-je toucher sa main que le sang a flétrie ?

G. TELL.

Cette main protectrice a sauvé la patrie ;
et je l'élève pure au ciel qui vit nos pleurs, —
Quel est cet inconnu ?

HEDWIGE.

J'ignore ses malheurs.

Sans doute un grand revers, un grand secret l'accable :
parlez-lui.

L'INCONNU, à G. Tell.

Seriez-vous ce pasteur formidable,
dont la flèche à Gesler a donné le trépas ?

G. TELL.

J'ai fait cet acte juste et ne le cache pas.

L'INCONNU.

Le ciel de vos rochers m'a donc ouvert l'enceinte !

G. TELL.

Cet habit vous déguise : expliquez-vous sans feinte.

L'INCONNU.

L'Helvétie a frappé son lâche gouverneur ;
et moi, sur un tyran fatal à mon honneur
et qui de ma famille enchaînait l'héritage,
j'ai su de votre exemple imiter le courage.
Il fut votre ennemi, vous l'avez immolé ;
j'avais aussi le mien, tout son sang a coulé.

G. TELL.

Juste Dieu ! vous seriez.... Sors de ces lieux, Hedwige,
éloigne mes enfans !

HEDWIGE.

Quel est-il ?

G. TELL.

Sors, te dis-je.
Nos enfans sous ce toit ne peuvent demeurer.

HEDWIGE.

Oh ! venez ! — Quel malheur faut-il encor pleurer ?

Elle sort.

G. TELL.

Jean d'Autriche, c'est toi ! c'est toi-même ; ce traître
dont le bras s'est plongé dans le sein de son maître.

J. D'AUTRICHE.

Des biens de mes aïeux avide en sa fureur....

G. TELL.

Un vieillard couronné ! votre oncle ! un empereur !
Et le ciel vous absout parmi tant de victimes ,
La terre sous tes pieds n'ouvre point ses abîmes ?

J. D'AUTRICHE.

Écoutez-moi.

G. TELL.

Barbare ! Encor souillé de sang,
tu viens frapper au seuil de ce chaume innocent ?
offrir à la vertu ta misère importune ,
réclamer quelque droit de la sainte infortune ?

J. D'AUTRICHE.

J'espérais en vous seul un refuge, un appui :
le même sort , enfin, nous enchaîne aujourd'hui.

G. TELL.

Misérable ! oses-tu confondre en ta démence
l'ambition impie et la juste défense ?
Étais-tu père , époux ? Menaçait-on tes fils ?

Vengeais-tu d'un tyran les insolens défis ?
T'armais-tu pour la paix des foyers domestiques,
pour la sainte équité des droits patriotiques ?
A toucher ce cœur pur en vain tu prétendis ;
j'élève au ciel ces mains, lâche, et je te maudis.
J'ai vengé la nature, et ton forfait l'outrage.
Nous obtiendrons tous deux la justice en partage ;
et l'avenir, mon juge et ton accusateur,
te dira Parricide et moi Libérateur !

J. D'AUTRICHE.

Ainsi vous m'accablez ! Votre horreur me renvoie
sans foyers, sans secours, au désespoir en proie ?

G. TELL.

Je frémis à ta vue. Exécrable assassin,
de cacher ce front vil suis le juste dessein.
Un seul instant de plus, tremble que ma vengeance
n'ensanglante l'asile où s'endort l'indigence.

J. D'AUTRICHE.

Allons chercher la pierre où je pourrai mourir !

G. TELL, à part.

Mon cœur à la pitié voudrait il se rouvrir ?
Grand Dieu ! si jeune encore et d'une illustre race,
l'héritier de Rodolphe à mes pieds qu'il embrasse !
C'est lui, chargé d'un meurtre et transfuge des cours,
qui vient d'un pauvre pâtre implorer les secours !

J. D'AUTRICHE.

Plaignez-moi, j'étais prince ; et la paix de ma vie

a longtemps repoussé les conseils de l'envie.
Mais j'ai vu Léopold dicter partout sa loi,
vingt peuples à genoux le révéraient... et moi !
d'une naissance égale, et devançant son âge,
du poids de la tutelle on m'imposait l'outrage.

G . TELL .

Oui, monstre ; à tous les yeux ton crime a trop fait voir
quel fléau dans tes mains eût été le pouvoir.
Où sont les compagnons de ta révolte infame ?

J . D'AUTRICHE .

Où les a dispersés l'enfer qui les réclame ;
Ils ont disparu tous .

G . TELL .

Sais-tu , jeune insensé ,
qu'au ban du Saint-Empire un édit t'a placé ?
Qu'un ami doit te fuir ou te charger de chaînes ?

J . D'AUTRICHE .

J'évite des humains les retraites prochaines ;
je vois mes pas suivis d'un spectre accusateur,
et planer sur mon front l'Ange exterminateur !
Si les flots d'un torrent grondent sur mon passage,
je recule effrayé devant ma propre image.
Oh ! si l'humanité dompte votre courroux,
si quelqu'ombre d'espoir, de pitié...

G . TELL .

Levez-vous !

J . D'AUTRICHE .

Non ; tends   main dans l'horreur de l'abîme.

G . TELL.

Eh ! comment vous sauver ? Qui peut sauver le crime ?
Cependant je suis homme ; et jamais nul mortel
n'implora vainement l'assistance de Tell .
Désarmé , suppliant , je vous connais encore .

J . D'AUTRICHE .

Ah ! fermez sous mes pas cet enfer qui dévore .

G . TELL .

Levez-vous , prince , allez ; et sans perdre un seul jour ,
Fuyez de ces vallons le périlleux séjour .
La mort est sur vos pas . — Dans ce désordre extrême ,
vers quel lieu marchez-vous ?

J . D'AUTRICHE .

Eh ! le sais-je moi même !

G . TELL .

Écoutez , quelqu'espoir peut revivre pour vous .
Allez du Saint Pontife embrasser les genoux ;
et plein du repentir qui déjà vous enflamme ,
confessez vos remords et rachetez votre âme .

J . D'AUTRICHE .

Au bras d'Élisabeth il me voudra livrer !

G . TELL .

Son arrêt , quel qu'il soit , il le faut adorer .

J . D'AUTRICHE .

Et comment aborder cette Rome lointaine ?

demander les détours de ma route incertaine,
me joindre aux voyageurs sous ces traits inhumains?

G . TELL .

Écoutez ! je vous vais enseigner les chemins.
Remontez la Réuss, qui creuse un vaste abîme....

J . D'AUTRICHE .

La Réuss ! elle tombe au lieu qui vit mon crime !

G . TELL .

Suivez ses flots déserts. La croix du Rédempteur
de ces monts tortueux divise la hauteur.
Partout où l'humble croix orne leurs cîmes blanches,
a passé le courroux des promptes avalanches ;
et surpris par l'orage ou par un ciel vengeur,
sous des rochers sanglans repose un voyageur.
Prosternez-vous au pied des autels solitaires,
et versez du remords les larmes salutaires.
De ces âpres glaciers fermés à tous les pas,
si les Alpes sur vous ne lancent le trépas ;
si vous touchez le seuil de la haute chapelle,
et les bords du torrent, de qui l'onde rebelle
se brise et rejaillit en poudre sur les monts ;
là, si d'un pont, qu'on dit l'ouvrage des démons,
la voûte sous vos pieds ne s'est point écroulée,
traversez en fuyant la riante vallée.
De péril en péril, de rocher en rocher,
au front du Saint-Gothard vos pas iront toucher.
Là se creusent deux lacs ; votre vue attendrie

verra blanchir au loin le ciel de la patrie ;
là des flots du Tésin acceptant les secours ,
descendez avec eux ; vos pas suivant leur cours ,
atteindront l'Italie , à d'autres lois soumise ,
et là fleurit pour vous une terre promise .
On approche , fuyez...

HEDWIGE , survenant.

Tell , unis et joyeux ,
les pasteurs d'Undervald s'avancent vers ces lieux .

G . TELL

De cet infortuné ranimez le courage ,
Hedwige ; des secours pour un lointain voyage ;
car nul toit protecteur n'attend cet étranger .

HEDVIGE .

Mais enfin quel est-il ?

G . TELL .

Pourquoi m'interroger ?
Ne vous suffit-il pas qu'il soit homme et qu'il pleure ?
Et quand il sortira de notre humble demeure ,
baissez les yeux , Hedwige ; et ne regardez pas
quels funestes sentiers s'ouvriront sous ses pas .

Philosophie

au docteur R.....

Vous parlez de sujets variés de nature,
de fronts et de cerveaux différens de structure :
vous savez, vous classez quinze tempéramens.
Dans notre race humaine il n'est que deux segmens,
deux caractères. L'un va manquer d'énergie
et l'autre du vouloir exercer la magie.
Du berceau vers la tombe où vous hâtez nos pas
le succès n'a qu'un mot : vouloir, ne vouloir pas,
Partout la mâle ardeur impose son miracle
et « vouloir c'est pouvoir, » du peuple a dit l'oracle.
Louis Seize hésitant sur son propre salut
perdit la France: et lui : Napoléon voulut.
Prudes que dans sa grace un séducteur assiége,
s'il n'est qu'Antinoüs, redoutez peu le piége ;
mais eût-il de Vulcain tous les traits rassemblés,
s'il vous veut ardemment, froides prudes, tremblez !

—

Les blés verts.

A l'âge où de désirs il palpite agité,
d'obstacles, de rivaux, de refus tourmenté,
quel homme avec candeur parfois ne se rappelle
son enfance, au hameau si rapide et si belle !
Là, son âme était pure et nuls vastes projets
ne sillonnaient son front de soucis inquiets.
Qui d'un œil attendri ne cherche en sa mémoire
de cet âge effacé quelque lointaine histoire ?

Ma mère me contait un soir près du foyer
(à mon mobile esprit jalouse d'octroyer
l'exemple des vertus où se fait l'honnète homme :)

«Après quatre-vingt-neuf, un beau temps qu'on renomme!
maîtres de la frontière, alors que les Prussiens
ravageaient pour un jour nos terres, tous nos biens,

un de leurs colonels étant logé d'office
chez un cultivateur mari de ta nourrice,
lui demanda quel champ il pourrait fourrager
pour donner aux chevaux du blé vert à manger.

—Conduis-nous, lui dit-il, fais-nous, mon pauvre diable,
trouver à nos projets un endroit favorable.

Marcel (c'était le nom du père nourricier)
obligé d'obéir, précéda l'officier.

Ils passèrent bientôt près d'un orge splendide :

— N'allons pas plus avant, dit l'étranger avide ;
pourquoi chercher plus loin ? voilà ce qu'il nous faut.

— Ce grain, reprit Marcel, je lui sais un défaut :
avançons quelque peu.
                    Sous sa riche verdure,
un nouveau champ parut.
                    —Que le temps ne vous dure,
reprit le laboureur. Deux pas ; nous arrivons.

— Enfin voilà, dit-il, de tous les environs
le froment le plus propre à faucher sans scrupules.

— Et devant les premiers d'où vient que tu recules ?
Les autres étaient verts et plus beaux, sur ma foi !

— Les autres, camarade, ils n'étaient pas à moi. »

L'épouvantail.

Il se dresse empalé sur son bâton d'érable.

Voyez, roi pour deux jours, prince aux coudes percés,
couronné du plus laid des chapeaux défoncés,
ce fantôme de paille au faux air vénérable,
avec ses bras ligneux, ses oripeaux flottans !
Quel prolétaire ailé reviendra de longtemps
toucher la cerisaie où ce croque mitaine
veille à déposséder les oiseaux de la plaine?
Regardez la mésange à grands cris s'éloigner,
la dévote fauvette avec peur se signer ;
le loriot bourgeois prêcher la patience :
« Paix aux faits accomplis ! acceptons l'abstinence. »

Poltrons, vous concédez l'arbre qui vous nourrit !
Seul, le vaillant moineau se retourne et sourit :
le moineau franc railleur, le pierrot démocrate.
Entre la verte feuille et le fruit écarlate,

lui seul a reconnu le fourbe mannequin.
N'a-t-il pas, dans les airs, surpris dès le matin
le corbeau, défiant de l'homme qui le guette,
d'une aile dédaigneuse effleurer la maquette?
l'oisel républicain reviendra sur ses pas,
il est de race libre à ne s'endormir pas.
Il va, d'un vol mutin quittant l'abri du saule,
percher sur le tyran, s'asseoir sur son épaule:
puis lui donnant du bec vingt coups bien assénés
le piquer à la place où lui manque le nez,
où lui manque le cœur.

    A ces cris de victoire
tu verras accourir, Majesté dérisoire,
le peuple; et rallié, du plus plaisant des rois
se faire un piédestal pour ressaisir ses droits.

Réalité.

Réalité — si vaine ! — acceptons tes mensonges :
mais perdre un souvenir, mais rompre avec des songes,
c'est le plus vrai malheur qui nous puisse opprimer.

Vous que dans mes regrets je voudrais embaumer,
ne m'apprenez jamais, infirmité profonde !
que tout change, s'éteint, meurt, ou s'oublie au monde ;
que rien ne dure en nous, pas même la douleur !
De mes nobles chagrins ne blessez pas la fleur.
Je veux me souvenir que ce cœur né sans flamme
attendit pour éclore un rayon de mon ame ;
que sous l'abri jaloux des halliers importuns,
j'ai de la violette averti les parfums ;
qu'à force de l'aimer le sculpteur idolâtre
de son calme sommeil a réveillé l'albâtre.

Demeurez mon idole, enfant ! Je ne veux pas
traverser votre oubli pour aller au trépas.

Je ne veux pas sentir, d'erreurs encore avide,
descendre dans mon cœur le fantôme du vide ;
être l'indifférence exempte d'un regret,
aux artères de marbre, à l'œil sec et distrait.
Je garde la colère à la justice unie :
amour à la candeur, haine à la calomnie.

Hélas ! j'avais juré, sous ta chrétienne loi,
de ne haïr personne et de n'aimer que toi :
mais absoudre le mal n'est vertu ni prudence,
il faut venger son cœur ! Certes la providence
commande qu'on pardonne à ses ennemis ; mais
aux amis sa bonté ne l'a prescrit jamais.
Que de culte pour vous et d'horreur pour l'envie,
jusqu'au dernier matin se compose ma vie,
et puis demain loin d'eux puissé-je enfin mourir :
J'ai rempli mon destin : penser, aimer, souffrir.

La Flore

des fortifications,

Du noble sang du peuple avant qu'elle soit teinte,
mesurons de Paris la dynastique enceinte.
Que cet aspect est triste et laid ! De toutes parts
le silence et l'ennui planent sur ces remparts.
D'étroits sillons crayeux, que nul flot n'accompagne,
se creuse, et s'appauvrit la fertile campagne.
Ces travaux sans grandeur, de l'art si peu jaloux,
on dirait des fossés, l'ignoble piége à loups.
Tracés mesquinement, sous leurs courtes équerres,
ces moellons entassés dans des guérets calcaires,
ils n'ont pour converser que d'ébêtés voisins :
Montrouge, Montfaucon, Montmartre et ses moulins ;
et des fangeux carriers la gigantesque roue
qui pour tout murailler se disloque et s'enroue.

En dépit d'eux pourtant, cet hostile horizon
déjà s'est velouté d'un candide gazon.

Sur les mouvans terrains qui bordent la muraille,
les mille fleurs des champs se rangent en bataille.
Leurs fronts peu menaçans sont tournés vers Paris :
il semble que sur nous se pointent leurs souris,
et le doux vent du sud écartant la tempête,
comme un signe amical incline à nous leur tête.
Au pied des bastions le bluet s'est assis,
l'humble pavot des blés empourpre le glacis.
Attendant de ses feux que le canon s'éclaire,
ici naît la Brunelle, et là s'ouvre l'Eclaire.
On dirait qu'en pitié ces innocens railleurs,
invitent les Bugeaud à conspirer ailleurs.

J'entends bien les débris de la vieille Bastille
s'indigner à revoir sa croissante famille,
l'Hôtel-de-Ville, ardent à trouver des soutiens,
contre les fossoyeurs armer les citoyens :
Mais l'ame ici, sans rien qui l'élève ou lui plaise,
d'un noir pressentiment respire le malaise.
Adieu nature en deuil, banlieue en désarroi,
officiel désert, paysage de roi !

Un Ennemi.

Il n'aime pas les fleurs, il n'aime pas les femmes,
il n'aime pas les vers. Longtemps veuf de ses flammes,
quand le foyer s'éveille en octobre assombri,
il n'assied point son rêve à ce riant abri.
O chaleur et lumière, il méconnaît vos fêtes !
De nos toits l'hirondelle effleure en vain les faîtes ;
et la feuille sans vie en tombant à ses pieds
ne dit rien à son cœur des beaux jours expiés.

Il trouve des oiseaux l'allégresse importune,
se soustrait dans l'alcôve aux yeux clairs de la lune.
Son naïf appétit, jamais sollicité
par un œuf tiède encore et les parfums du thé,
ne connaît, tout sanglant, qu'un rosbif qui lui plaise,
le caviar, le gyn, délicatesse anglaise.
Il préfère au Léman les ruisseaux de Paris,
à la lutte des arts la chance des paris.
Il goûte la Vénus de constance éphémère,

rappelant la marée où prit le jour sa mère.
Plus que l'aigle à Wagram il prise votre coq,
lit peu Châteaubriand, mais beaucoup Paul de Kock :
il le préfère à George, ame et tête complète.
Il trouve Hugo sans verve et Ponsard un poète.
Que sont Musset, Gautier, Delphine, Delacroix,
David, qui fait bondir le marbre sous ses doigts?
Il blâme de Dumas l'audace cavalière,
applaudit au Gymnase et grimace à Molière.
D'ouvrir la France aux rails il ne trouve pas lieu,
il aime le chester et le juste milieu.

Citoyen d'un esprit d'aussi vaste étendue,
toi qui n'es pas frileux, ta haine m'est bien due.
Mais mon tranquille orgueil depuis longtemps se rit
d'avoir été frappé du pied dont il écrit.
Et pourvu que Gervaise avec sa grace extrême,
me réveille au parfum du café dans la crême,
que mon jour soit à gauche, à droite mon foyer,
afin que sur mes vers n'ose se déployer
nulle ombre; et de mes mains que la moins inhabile
agace les tisons d'un caprice facile,
je me résigne à tout : même à voir, tant honni,
l'Institut préférer un pédant à Vigny.
Sais-je pas que le temps, grand fauteur de ravage,
apporte aussi partout justice; et que le sage
s'arme contre les rois de la divinité,
s'arme contre la mort de l'immortalité!

Botanique

à un voyageur.

Vous aimez dans leur pompe et leur éclat superbes,
ces plantes dont la serre a coloré les gerbes :
ces bannis du soleil, tout ce peuple étranger
souffrant sur notre terre hostile à l'oranger :
les blancs camélias, le cactus gigantesque,
les daphnés, cette flore au maintien pédantesque
aux rameaux étayés de mots grecs et latins.
Nous, à travers les champs nous trouvons nos jardins.
Que faut-il à mes fleurs pour appui salutaire ?
l'accidentel rempart d'une motte de terre ;
les vôtres ont besoin d'espaliers, de tuteurs,
et des verres brûlans, du soleil réflecteurs.

Près des myosotis j'aime la pâquerette
comme une blonde enfant ingénue et coquette ;
le mynianthe, un trèfle à fleurir les viviers,
près d'eux la littorelle et les longs rubanniers ;

l'ardent hélianthème à travers nos varennes,
la menthe en leurs détours embaumant les garennes,
l'élodie à fleur jaune et la reine des prés,
la spirée au front pâle, aux rebords empourprés.
Puis, la fleur des moissons qui sur l'or de leurs voiles
a le bleu pur des cieux, la forme des étoiles;
le serpolet gris rouge, humble et salubre thym,
que pour l'agneau sevré cherche Annette au matin,
les brizes, des sentiers ces tremblantes aigrettes,
qu'échangent les bergers sous le nom d'Amourettes.

Osez le dire : épris d'exotiques beautés,
dédaigneux des trésors éclos à vos côtés,
vous quittez la patrie et moi j'y suis fidèle.
Notre amour si divers, à vous il ne rappelle,
ingrat, qu'un long voyage, un savoir doctoral,
à moi les jours cachés dans le vallon natal.

Effet du gouvernement

dans le paysage.

Toujours quelque œuvre humaine offense la nature,
et vient d'un choc brutal heurter sa grace pure .
Voilà qu'en ce vallon les adieux du soleil
avaient des peupliers touché le front vermeil ;
voilà la luciole en nos gazons tapie ,
au bord des frais sentiers la bruyère assoupie .
Voilà que deux à deux les oiseaux rassemblés
s'abritaient comme nous dans l'or mouvant des blés .
Quand l'air est pur, l'écho plein d'accens séraphiques ,
de la tour du coteau les bras télégraphiques
viennent troubler des airs l'éclat occidental .
O fièvre de l'intrigue, ô contraste fatal !
Que veut sur les sommets de la tour nébuleuse
(noble débris gaulois) la machine anguleuse ?
le difforme pantin qui jette avec lenteur
à son lointain compère un oracle menteur ?

Quoi ! tout devient au monde harmonie et mystère ?
et jusqu'au val désert parle le ministère !
Osez-vous, gestes noirs, coudes disgracieux,
d'un secret d'antichambre importuner les cieux ?
Laissez, laissez en paix l'ombre : elle a dans les masses
essayé d'absorber vos grotesques grimaces.
Muet des rois chrétiens, officiel sorcier
dont le moindre nuage interdit le métier,
ignorant de tes vœux le plus inepte zèle,
de tes secrets d'état sait tirer la ficelle.
Si de la France enfin tu dois venger l'affront,
traverse nos forêts, passe sur notre front :
tu ne sauras jamais dans tes faux équilibres
empêcher l'Irlandais, l'Espagnol d'être libres ;
mais aux amours des bois garde discrétion,
Briarée aux longs bras, monumental espion.
Pour les trames des cours on te les abandonne :
qu'importent les Régens, les trônes, la couronne,
va, compromets l'Europe en tes jeux indiscrets,
trahis les oppresseurs, évante leurs secrets.
Mais, taisez-vous, bavard, si quelque heureux mystère
venait à s'accomplir sous la tour solitaire.

Le partage de la terre

Apologue *,

« Prenez-la, dit le Dieu qui commande au tonnerre ;
comme un fief éternel je vous prête la terre,
prenez ; partagez-la d'un fraternel accord. »

Il a dit, et sur chaque bord
l'avide humanité s'agite :
la jeunesse se précipite,
le vieillard, en marchant, médite
pour saisir un plus sûr trésor.

Le fermier prend les blés qu'a vu dorer la plaine ;
au travers des forêts, s'élançant hors d'haleine,
passe le haut Baron aux cris aigus du cor.
Le métal du marchand dans les coffres se range,
l'avare emplit son sac, le laboureur sa grange,
le moine son tonneau. — Sujets, leur dit le Roi,
chacun le sien, et tout à moi.

* Imité de Schiller.

Longtemps, longtemps après, quand la récolte est faite,
tous les lots adjugés, apparaît le poète.
Il venait de si loin ! Tout a son possesseur :
l'or revient aux Rothschild, l'indigence au penseur.

— Quoi ! ton fils, Jupiter, ton fils le plus fidèle,
seul accusera-t-il ta bonté paternelle ?
seul est-il oublié pleurant à tes genoux ?

— Si vous avez perdu vos pas imaginaires,
séparés par dédain des sentiers ordinaires,
répondit Jupiter, pourquoi s'en prendre à nous ?
Quels lieux vous retenaient quand s'ordonnait le monde ?

— J'étais auprès de toi : dans une paix profonde
mon œil de tes regards observait les éclairs,
de tes cieux mon oreille écoutait les concerts.
A l'esprit transporté dans les sphères sublimes
pardonne d'oublier les richesses infimes,
d'avoir vécu sans soins, d'intérêt dégagé.

— Que faire ? dit le Dieu ; ce globe est partagé.
Le commerce, les arts, le chaume où vit l'aisance,
j'ai disposé de tout, mon fils ; et ma puissance
n'a plus rien à donner dans ce vaste univers.
Veux-tu vivre avec moi ? Les cieux te sont ouverts.

Autre apologue

J'ai lu dans Fontenelle, un sceptique effronté,
tel précepte en ce sens à peu près raconté.

Entre vingt prétendans au trône de Servie,
qui choisira pour maître une foule asservie ?
Celui qui, le premier, à l'orient vermeil
aura vu dans les cieux s'élancer le soleil.

Les tyrans en espoir sont rangés sur la plage.
Tous, les pieds sur la pointe, exhaussant le visage,
portent vers l'orient leur front à couronner.
Un seul, du point banal a su se détourner
et sur de hauts rochers qu'un minaret décore,
il voit à l'occident se réfléter l'aurore.
Il est Roi !
       Je ne sais si ses grandeurs en vous
éveillent des instincts, des désirs bien jaloux,
mais cet exemple indique où siégent les lumières.
Si donc point ne voulons laisser sur nos paupières
contre la vérité s'épaissir les bandeaux,
apprenons qu'à la foule il faut tourner le dos.

—

A vol d'oiseau.

L'alouette aux cieux, dès l'aube élancée,
qui chante au soleil sa joie à le voir ;
du rossignol brun la voix cadencée,
plaintif amoureux célébrant le soir ;
    sur l'étang limpide
    le vent qui le ride ;
    les parfums du thym,
    l'Angelus lointain :
voilà ce qui ramène à la verte campagne.

Là, n'ayant que le ciel et les bois pour remparts,
écoutant le ruisseau qui parle à la montagne,
loin du pompeux Paris, des humains et des arts,
errante à mes côtés, toi, rêveuse compagne,
du charme des hameaux viens cueillir les hasards.

    Viens dans la prairie
    courber sous tes pas
    l'herbe bleu-fleurie :
    « Ne m'oubliez pas. »

Avant le coq , déjà plus ne sommeille
Alain . C'est à quinze ans l'amour qui nous réveille ,
et du jour dans nos yeux devance le signal :
de tous nos sentimens c'est le plus matinal.

Sur un rameau de l'églantine
la colombe a posé son vol :
l'ombre du rameau , sur le sol ,
tremble encore et longtemps s'incline.

Comme un fruit à son arbre avec grace attaché ,
dans les bras maternels vois cet enfant caché :
commerce de douceurs , échange de délire ,
l'enfant reçoit le lait, la mère le sourire .

Nos bois sont dans leur liberté ,
la symétrie a déserté :
tout marche libre , et futaie et broussailles.
Je ne vois plus les ormeaux de Versailles
affligeant l'œil d'un luxe concerté .
Rangés en courtisans , double ligne discrète ,
sur eux plus que la sève est forte l'étiquette ,
elle assigne au rameau quel marbre il doit couvrir ,
et désigne la place où la fleur peut s'ouvrir .

Accours , viens voir l'abeille en sa fougue emportée
plongeant dans un lys d'eau sa tête veloutée.
Quel vif et gai murmure ! Elle perce d'un dard
le pétale à ses vœux opposant un retard.
Pour vaincre à l'aiguillon les obstacles rebelles ,
elle agite ses pieds , ses antennes , ses ailes ...

puis soudain le silence aux efforts succédant,
t'apprendra sa victoire et le pillage ardent.

Du haut de la terrasse où règne ta fenêtre,
nous verrons sur les prés, quand l'aube viendra naître,
des vapeurs s'élever qui, blanches, dans leur vol
à peine ont dépassé de quelques pieds le sol.
Qu'en trois zônes tes yeux coupent la place entière :
verdure en fleurs, rosée, or pur de la lumière.
Dans la zône moyenne où nage la vapeur
par groupes l'hirondelle accourt avec ardeur,
cherchant l'insecte noir que son instinct préfère,
retenu dans les rets de la lourde atmosphère.
Vois quelle impatience et quel vol diligent !
Sur ce velours humide et tout glacé d'argent,
entre le rayon d'or et le pré vert qu'il rase,
c'est un essaim captif dans un filet de gaze.

Si tu surprends l'orage à l'occident grandir,
embrumer les vallons, sur l'horizon bondir,
qu'il sera beau du moins dans sa fierté soudaine !
Sous le nord orageux Lutèce voit à peine
de quelque obscur bazar arracher les auvents,
la beauté compromise aux jeux lascifs des vents ;
mais là que de grandeur ! La moisson tout entière
ondoie ; et la forêt courbe sa tête altière.
L'éclair, d'un pôle à l'autre, en déchirant les cieux
fait parler le tonnerre aux vallons spacieux,
et le chêne géant, qui rompt sans qu'on le ploie,

en l'honneur de la foudre allume un feu de joie.

Mais loin déjà l'orage a fui,
l'arc-en-ciel sur ton front a lui;
le soir descend, et les étoiles
l'une après l'autre en vont parer les voiles.

Oublions dans l'asile à tant de paix ouvert,
cette mort de six mois que l'on appelle hiver.
La campagne est du cœur sereine conseillère,
à toute injure humaine elle est hospitalière.
Manteau du pauvre, ouvert aux vents moins qu'au mé
qu'il est lourd à porter au désert de Paris !
désert de la mansarde où le nord est si rude,
désert pavé, peuplé, sinistre solitude,
âtre morne et sans feu, fenêtre sans rayons,
seuil qui n'a vu passer que la faim, les haillons !
Au riche, au crime heureux Paris offre un asile,
il ne sourit qu'à l'or. — En mon vallon tranquille,
le jour en se levant donne sa fête à tous :
l'air du printemps ranime, et de son feu si doux
caresse l'indigent, les fleurs, la source pure
payant sa liberté par un joyeux murmure.
Et le pauvre malgré son pénible appareil
rencontre là, du moins, un ami : le soleil !

A Aymar.

Cher enfant, deux duels t'attendent sur ta route :
accepte-les tous deux et toujours, quoi qu'il coûte.
Le premier, c'est l'honneur qui va te l'imposer :
nul refus, nul délai qu'on lui doive opposer.

Dans l'autre, un ennemi qu'on aime et qu'on redoute
t'ouvrira le champ clos, puis voudra fuir : mais doute,
mais ne le souffre pas ; dût-il intéresser
ta pitié, ta merci, tes genoux embrasser.

Laisse de la coquette épuiser la parole.
En vain on se débat, on pleure, on se désole :
on se pardonnera sa faute. Mais, vois-tu,

si, lorsque la faiblesse a fait mouvoir ses armes,
tu cédais à des cris, tu respectais des larmes,
l'amour ne t'absoudrait jamais de ta vertu.

Logères.

Logères ! mon village au coin d'un bois de chênes,
où les prés sont en pente et les vignes prochaines,
qui d'un côté voit l'aube où ton ruisseau se teint,
de l'autre des forêts où le soir gris s'éteint ;
où le lait seul nourrit de vrais pasteurs arabes,
. hameau de trois maisons, hameau de trois syllabes,
que ton nom plaît au barde amoureux à la fois
de chaumes, de mystère et du saint nombre trois !
Tu touches au vallon où l'enfant des bruyères
dans les prés du moulin, non loin des chenevières,
courait après l'abeille errant de fleurs en fleurs,
la cavale indomptée ou les merles siffleurs.

Du farinier Cadet un coursier fauve et triste

attend-il que d'un sac à la porte on l'assiste ?
l'espiègle dénouait, dans son anneau de fer,
le licou; puis d'un banc à son pied leste offert,
s'élançant sur les reins de la bête aguerrie,
d'un galop fantastique ébranlait la prairie.

C'est là, près de l'étang, des forges, des fourneaux,
des abîmes sans fond d'où sortent les métaux,
que guidant des mulets les longues caravanes,
des brandes sans culture il frayait les savannes.
C'est là que descendu dans le puits noir fouillé,
il portait quelque aumône au mineur oublié;
là que le BOIS-FÉRU vit ses premières armes.

O plaisirs de quinze ans, inénarrables charmes
alors que la perdrix, sur les chaumes sanglans,
vint affliger ses yeux de joie étincelans !
qu'un soir, dans les genêts, suivi d'un garde, ivrogne
moins alerte à marcher qu'à rempourprer sa trogne,
en présence d'un lièvre entre leurs pieds sorti,
il entendit le vieux, dans sa fougue amorti,
dire, en posant d'effroi la longue carabine :
— « Passez votre chemin, sorcier, on vous devine :
passez votre chemin, Monsieur Pérou, passez;
mais n'y revenez plus, voyez vous : c'est assez.
Je tirerais sur vous comme sur un vrai lièvre,
quand à ma femme encor vous jetteriez la fièvre. »

C'est là qu'il se rappelle, enfant vieux aujourd'hui,

que sous son pied joueur la rive un jour a fui ;
et que tombé , riant, dans l'écluse géante
entrouvrant sur la roue une gueule béante,
il fut tiré de l'eau , puis mis les pieds en l'air ,
par bonté , pour choisir le trépas le plus clair.

Mon Dieu ! fut-il sauvé de la tombe onduleuse
pour vivre des regrets qu'un cœur aimant nous creuse ?
apprendre après l'amour que l'amitié n'est pas ;
que l'existence humaine est déjà le trépas ?
pour craindre de son ciel que Dieu nous déshérite ?

Ou bien, serait-ce pas qu'en sa grace émérite,
pour prix des repentirs , tu réserves encor
nos jours trompés longtemps à connaître un trésor :
l'aspect régénéré d'une noble patrie,
l'Évangile adoré sans vaine idolâtrie ;
quelques vertus sans lois ; l'amour chaste et constant ;
un drapeau remonté vers l'honneur qui l'attend ;
l'ordre, enfin social, guéri de sa souffrance ,
les pauvres et les rois n'attristant plus la France ?

—

Précurseur.

Ainsi, quand de Provence arrivent les fauvettes,
Madame, vous qu'un maître enchaîna si longtemps
sous les splendeurs du Louvre et loin des violettes,
m'envoyez au village au devant du printemps ?

Eh ! quels discours, quels vœux, mystérieux message,
porter de votre part au naissant paysage ?
Que dire aux fleurs, au ciel empressés de vous voir ?
au ruisseau qui pour vous épurait son miroir ?
à l'écho dont les voix savaient rester muettes ?
à la mousse nouvelle, aux blondes pâquerettes ?
aux minets du vieux saule en sa cîme verdi ?
au violier sur sa tour à sourire enhardi ?
à l'abeille éveillée, aux bluets, aux mésanges,
à ces petites fleurs que l'on croit vos yeux d'anges ?
Certe ! une belle chose, un séduisant exil,
c'est la solitude ; oui : mais encor faudrait-il
une ame à qui l'on puisse, en secret, vers ou prose,
dire : La solitude est une belle chose.

LES

Premiers desirs de Brigitte.

Eh bien ! qu'espères-tu , que rêve ta paresse
quand d'un placet câlin ton œil fier me caresse ,
enfant ? Quel est l'objet de tes fantasques vœux ?
car tu ne sais pas même encor ce que tu veux.
Que vouloir à douze ans ! Il faut qu'on te l'apprenne.
Voyons, est-ce un bouquet, des nèfles, ta marraine ,
ce tablier changeant qui sied tant à ta sœur?
Je puis d'un don rival t'apporter la douceur.

— Non, je voudrais des nids, des oiseaux !

       —Tu veux dire
des œufs; fragile émail qu'on range, qu'on admire ,
surpris avant l'époque où nul être encor vif
ne souffre ; et des parens n'éveille un cri plaintif?
Eh bien ! J'irai cherchant sur les prés, dans la plaine ,
au sommet des forêts, au bord de la fontaine.
Tu verras de la caille arriver les œufs d'or.
Je sais où le courlis abrite son trésor:
sous le jonc des ruisseaux. Sur l'herbe où la corneille

hisse de ses enfans la coquille vermeille
je monterai ; dussé-je, au front mouvant du pic,
dans son nid épineux rencontrer un aspic.
Dans la glaise, forée en spirale profonde,
et tout juste à la ligne où vient clapotter l'onde
gît le martin-pêcheur : j'irai le découvrir.
Transparent est l'étui qu'un milan doit ouvrir
au sommet de sa tour. De lichens composée
la hutte du pinson sur un ormeau posée,
j'irai te la quérir : et tu pourras l'avoir
deux fois, les deux pendans, aux bouts de ton dressoir.

— Moi je veux les petits emplumés, pleins de vie.

— Brigitte ! et d'où vous vient cette féroce envie ?
c'est attenter aux droits des mères ! Voir souffrir
est un méchant projet ; un spectacle à n'offrir
qu'à Néron, à Miguel. Serais-tu donc jalouse
d'exercer avant l'âge, un passe temps d'épouse ?
de t'ériger tyran ?

       — Que les hommes sont fous !
Je voudrais, n'est-ce pas, plumer, tordre des cous,
vous empailler !

       — Eh ! mais, si vos mœurs étaient telles
j'essairais, mon oiseau, de vous couper les ailes !

A

M. Jules Lefèvre.

Penseur, poëte aimé, qui ne t'informes guères
sur quels fronts vont sécher les couronnes vulgaires ;
et qui, plus loin que nous jaloux de parvenir,
élèves pour tes vers, dignes de l'avenir,
un temple où le vélin, les arts typographiques,
ont assorti, rivaux, leurs accords magnifiques,
je l'ai reçu ton livre. Et ce don précieux
a su toucher mon cœur comme éblouir mes yeux.
Quelle ampleur de format ! quel royal caractère
trône sur le satin que pas un pli n'altère !
La chapelle et le dieu se doublent de valeur !

Mais pour nous, paysans, ce luxe est un malheur.
Du grand-aigle imprimé pour suivre un seul chapitre,
il me faut un fauteuil, large table et pupitre,
à moi qui vais à pied par les monts et le val,
et confie au hasard l'amble de mon cheval.

Pour être initié dans l'ame du poëte,

pour que de son talent la clarté soit complète,
il faut avec son œuvre à l'écart s'exiler,
l'emporter avec soi pour se l'assimiler.
Vivre intime avec l'art rend ses saveurs plus vives :
les bons vers pochetés sont comme les olives.
Or, sur les frais gazons que peut-on faire, hélas!
d'une beauté de cour sous ses longs falbalas,
ses panniers? Compromettre, en quelque élan folâtre,
la bégueule blancheur de ses marges d'albâtre?
Nous aimons mieux, tout simple, et sans luxe d'habits,
un livre qu'on médite en paissant les brebis;
pouvant sortir léger de la poche joyeuse,
s'égarer dans les fleurs, s'oublier sous l'yeuse;
trésor facile au pauvre et qu'on ose, entre nous,
le soir, près d'Elle assis, poser sur ses genoux.

J'attends de ta largesse, esprit égalitaire,
le format d'Hégésippe, espoir du prolétaire,
un volume, par qui demain le peuple et toi
de double sympathie établirez la loi.
Fais nous la page étroite et sans faste entrouverte
au talus doux-fleurant, quand vient la saison verte;
prompte à suivre nos pas comme l'ombre et le chien.
Jules, l'élan d'un cœur en tout semblable au mien,
je veux, le rencontrant au bord de la clairière,
le marquer, pour signet, d'une fleur de bruyère.

—

Au Roitelet.

Qu'as-tu fait, oiseau gris, pour avoir apporté
dans nos forêts ce nom de monarque avorté?
toi le plus libre enfant des vergers, des bruyères,
ami durant l'hiver des frileuses chaumières?
Pline, aux jours d'autrefois, surnomma TYRANNUS
un de ces passereaux consacrés à Vénus,
pour avoir vu briller, sous sa vue étonnée,
au front de l'oiseau nain la couronne empennée.
Mais quel nomenclateur, te voyant si petit,
de ce nom réprouvé par erreur te vêtit?
C'est une injure. Abdique un titre hétéroclite.
Remonte-t-il aux Grecs? Ton nom est Troglodyte

parce qu'aux antres creux cherchant des abris sûrs,
tu vis sous les rochers, aux cavernes des murs.

Toi, prince ! Eh ! frêle oiseau, de quoi? de la froidure?
de ces aveugles jours qu'un long décembre endure?
Mais tu n'attristes rien ; mais tu ne contrains pas
l'avarice et la peur à marcher sur tes pas.
On peut être petit sans être roi. Tu chantes,
tu vis de peu, content; et tes mœurs sont touchantes.
et ta liste civile est un grain de millet.
Loin d'armer sur ta trace un soupçon inquiet,
ton apparition vient, en joyeux contraste,
lutter contre l'ennui de la saison néfaste.
Pour charmer nos pasteurs, quand tu sors de tes bois,
sous les pleurs du verseau la terre est aux abois;
aux sanglots des hiboux ta voix répond, légère,
et ton vol sur la neige est la fleur passagère.

Mais où ton trône est-il? C'est l'obélisque noir
des fagots; l'arrêtier du pignon, où le soir
tu sais nous présager le froid qui va descendre.
Prophète ! as-tu chanté sous ta robe de cendre?
évanoui déjà sous la tuile ou dans l'air,
qu'es-tu? la souris preste, ou le rapide éclair.
Tu parles à minuit ! * Ta voix mêlée à l'heure
conseille de dormir contre janvier qui pleure,
ou mieux de se presser, sous des tissus plus doux,
vers la blanche houri qui veille auprès de nous.

* Tradition de village.

Toi, roi ! Mais tu ne fais, aux dépens d'un royaume,
à la sueur du pauvre affamé sous le chaume,
restaurer nul palais aux marbres insultans.
Une feuille de houx t'abrite des autans.
Le louvre industrieux où dort ta race heureuse,
de mousse et de lichens, c'est une boule creuse :
on dirait, à la voir au dehors et sans art,
un tas d'herbes séché sous les vents du hasard ;
au dedans il emprunte, en son tiède volume,
à la brebis sa laine, au pissenlit sa plume ;
tout est mollesse et grace en ton royal séjour.
De là, sans apanage, à peine éclos au jour,
d'invisibles Infans, qui sont ta dynastie,
aux premiers feux de Mai opèrent leur sortie.
Dotés de leur courage et non du bien d'autrui,
ils savent s'affranchir dès qu'un péril a lui.
L'homme en vain les épie en cette épreuve rude,
nul d'eux ne veut subir l'air de la servitude.
Des prisons aux fils d'or nul enfant né de toi
n'admettra l'esclavage : aussi n'es-tu pas roi !

Plutôt, ô curieux ! ta passion secrète
est d'un bourgeois flâneur la nature indiscrète.
Fier de ta Majesté qui pèse quinze grains,
à travers les carreaux tu guettes nos chagrins.
Si le seuil reste ouvert, d'une marche légère
tu viens voir au foyer filer la ménagère.
On t'a vu pénétrer, sans prudence et sans peur,
jusque sous la ramée où veille le pipeur.

Mais aucun Cassius contre toi ne conspire,
César ! Nul charbonnier à te frapper n'aspire.
On tirerait sur toi, que ta mince épaisseur
trouverait à glisser entre le plomb chasseur.

Eh ! pourquoi t'attaquer ? ta douce idolâtrie,
sans vouloir la trahir, adore la patrie.
Tu n'émigres jamais. Près du natal châlet,
tu meurs : tu n'es pas roi, pas même roitelet.

Les Ormeaux de Sully

à un peintre de paysages.

Rappelle-toi ces jours pleins de vagues ivresses
où le cœur tendre et triste, amoureux sans maîtresses,
nous parcourions à pied, nos seize ans obtenus,
le plus beau des pays, un des plus inconnus,
la France. — Alors son ciel était vaste et splendide.
De voir et d'admirer que ta soif fut avide !
Il est doux, sans projets, d'errer le plus souvent
comme l'oisif chevreuil, l'oiseau, la plume au vent;
d'escorter des ruisseaux la marche transparente,
d'avoir de l'horizon la passion errante.
Nos plus longs jours tombaient, trop prompts à s'achever;
car le but c'était voir et non pas arriver.

La pluie ou le soleil, quelque ruine fauve,
un torrent, puis des mers, cueillir l'algue ou la mauve,
c'était la vie. Au soir, l'auberge ou le châlet,
d'un amical sourire au foyer t'accueillait :
l'artiste et l'hirondelle ont un égal mérite,
c'est de porter bonheur au toit qui les abrite.

Alors, tu n'as pu voir chaque église au hameau
reposer sous le dais d'un vénérable ormeau
sans admirer le porche au séculaire ombrage,
et vouloir rafraîchir ton front sous ce feuillage.
Un jour, au saint pasteur qu'attirait notre aspect,
j'ai confié l'instinct de ce pieux respect.

—Vous avez bien raison d'aimer ces bons vieux arbres,
dit-il, vrais monumens plus sacrés que des marbres !
Au dieu de la concorde ingénieux tribut,
vous a-t-on raconté leur histoire, leur but?
Devant tous nos clochers une même ordonnance
les a, le même jour, voulu planter en France.
Deux siècles les ont vus depuis, près du saint lieu,
croître en grace et monter sous les regards de Dieu.
Vous savez, faisant trève aux guerres intestines
où deux communions semaient trop de ruines,
quel ministre éleva ces symboles de paix?
Sully : voulant qu'un jour sous leurs rameaux épais
pussent se rencontrer au sortir des offices
des hommes ulcérés d'erreurs ou d'injustices.
Il pensa que ces cœurs déjà gagnés au ciel

pourraient s'aborder là sans rancune et sans fiel ;
traiter leurs intérêts, s'occuper des familles,
d'héritage à régler, d'union pour leurs filles.

Né de l'amour du bien, cet ombrage est béni :
voyez ! l'oiseau du ciel y vient poser son nid.
L'arbre à la vaste tente, à l'appas de son ombre,
de mes chers pardonnés accueille un large nombre ;
on y vient à midi faire un champêtre arrêt ;
causer sans procureur et loin du cabaret.
Le plus hargneux procès y meurt en deux dimanches,
grace au pouvoir du saint mi-caché sous les branches.
Enfans ! que vos enfans replantent ces ormeaux :
c'est le pavillon vert de la paix des hameaux.

La Noble-Épine. *

Arthur, la noble-épine a refleuri nos haies !
Le serpolet s'étend sous les châtaigneraies.
Laissons dans leurs cités les fastueux ennuis,
le jour va s'agrandir vainqueur des lentes nuits.
Arrière la saison, effroi de la nature,
où l'abeille est sans vol et l'arbre sans verdure.
L'habitant des forêts s'éveille en son terrier ;
le poisson rompt la glace, écorce du vivier ;
la pointe du bled vert a souri dans la plaine.
Des brises d'Orient ne sens-tu pas l'haleine,
Arthur ? Mon doux Aulnay t'attend. Notre vallon

* On appelle ainsi, dans les campagnes, l'épine noire qui servit de couronne au Christ.

a du réveil de mars entendu le clairon.
La pâquerette rit sur nos sentiers fidèles.
Qui frappe à tes volets fermés? C'est l'hirondelle.
Sous les vents sans colère, allons, ne dormez plus,
lilas blancs, clématite aux rameaux chevelus.
Parmi les gais bouvreuils, les verdiers, les fauvettes,
les rossignols chanteurs trop vantés des poètes,
reconnais-tu l'oiseau qui sait rendre en son jeu
sous nos lavoirs, le lustre à son manteau gris-bleu?
Avec son collier noir, les ailes mélangées
des deux couleurs du deuil artistement frangées,
avec son vol, errant d'un bord à l'autre bord,
son mol balancement, sa queue au long essor,
qui cherchant pour s'asseoir un caillou sur la plage,
de la barque légère imite le tangage,
c'est la bergeronnette. Elle doit aux troupeaux
son nom. Elle les suit. Jusqu'au front des taureaux
la voilà qui s'élance; et, d'un long cri, signale
l'approche du vautour et la louve fatale.

Arthur, nous entendrons, la nuit, dans l'air plus doux,
un vol mystérieux qui déjà vient à nous:
c'est le retour ailé des cailles pélerines,
qui passent deux fois l'an sur les vagues marines.
Du ciel, pour nos guérets, déserte la hauteur,
caille au nocturne appel, effroi du débiteur.
Est-il vrai qu'en ses mains la Chinoise savante
comme un manchon d'hiver te tient chaude et vivante?
Est-il vrai, pour franchir l'abîme tournoyant,

5*

que tes pieds sont armés d'un rameau prévoyant,
afin de te servir de radeau, si tes ailes
à l'essor fatigué devenaient infidèles?
Un caillou, de ton bec tombé du haut des airs,
te dit-il si ton vol a dépassé les mers?

O prudence accordée à des instincts sauvages !
quel rameau, quel caillou nous défend des naufrages,
nous, au sol enchaînés, voyageurs du berceau
à la tombe? En nos bleds dépose ton fardeau :
la France est sous tes pieds.— Prospérez, ô familles
de plantes et d'oiseaux ! Vous, les hautes bastilles
n'enfermeront jamais vos élans insoumis :
avec vous, en plein ciel, accueillez deux amis.

LE

Philosophe inconnu.

J'ai fui Paris la veille où la mourante année
embrumait de frimas sa suprême journée;
et plutôt que subir ce monde glacial
que tu frappes d'ennui, jour cérémonial,
je reviens saluer nos campagnes désertes.

De givre et de corbeaux les forêts sont couvertes :
mais j'aime mieux du nord les aigres sifflemens
que l'absurde visite et les froids complimens.
J'ai vu, sur ces forêts lentement parcourues,
passer, aussi pour fuir, un triangle de grues :
car un moment posés sur nos chênes mouvans,
les oiseaux voyageurs remontent sur les vents.

Là, le gui, verdissant la cime la plus haute,
couronne avec respect le front nu du vieil hôte.
Le lièvre à ses petits, au fond de leur terrier,
portait la mousse en fleur que laisse ouvrir Janvier.
Le lierre est accueilli sous un abri propice,
quand Paris au malheur dispute un noir hospice.
J'ai vu de trains flottans le fleuve au loin couvert,
sur les sillons pierreux monter le seigle vert.
J'ai, ce soir, entendu, l'oreille émerveillée,
une voix douce et juste égayer la veillée;
surpris, près des époux, l'amour veillant encor...
Paris de nos hameaux n'a pas un seul trésor.

Oh ! ce vallon secret m'est cher à plus d'un titre :
c'est là que de mes jours un si timide arbitre
vint recueillir les pleurs qu'il avait fait verser.
C'est là qu'Elle entendit, pour les récompenser,
ces mots du désespoir : — Pour que tu m'appartiennes,
pour unir nos deux sorts et mes lèvres aux tiennes,
mon cœur, sous un poignard et du dernier sommeil,
consent à s'endormir sans espoir de réveil.

—Qui? vous ! ingrat ami, reprit la voix fidèle,
vous mourir? Mais mourir c'est vous séparer d'elle;
la laisser dans un monde, en l'autre s'exiler;
c'est ne plus la revoir, ne plus vous rappeler
ce jour où près de toi tu la vois apparaître;
céder à des rivaux, ne plus l'aimer peut être...
Tu ne veux pas mourir ! Je t'apporte en ce lieu

de tous les sentimens le plus pur devant Dieu,
celui qu'un souvenir dans le ciel fera vivre :
c'est le seul qu'à ses pieds Dieu laissera poursuivre.

Je crus. Et l'hirondelle aux essors inconstans
ne sut pas mieux que nous rencontrer deux printemps.
Mais un sexe léger fait-il de nos tendresses
fleurir la longue joie? imitant ses faiblesses,
de mes regrets jaloux je crus le temps vainqueur,
et la morte Eurydice habite encor mon cœur.

Oui, plus d'un souvenir me rallie au village.
C'est là que des mortels j'ai connu le plus sage :
le stoïque modeste, un savant ingénu,
Saint Martin, qu'on nommait philosophe inconnu.
Là, ce docte, autrefois l'objet de tant d'envie,
qui de luxe et d'honneur vit entourer sa vie,
précepteur réservé pour un enfant royal,
et qui marchait des grands le conseil et l'égal,
résigné, seul et libre, a vécu sous le chaume.
Il s'était fait des bois un splendide royaume.
Ce fut là qu'en pleurant, je portai vers son lit
pour la dernière fois mes adieux. Il me dit :

—Ne répondez jamais de la vertu d'un homme,
Ami ; le plus modeste entre ceux qu'on renomme
peut connaître l'orgueil aux vœux désordonnés,
et voir faillir son ame aux préceptes donnés.
Tu me crois satisfait sous ce riche hermitage :

j'ai les fagots frileux, des fruits et du laitage...
Eh bien ! dans les loisirs de ma félicité,
de soins ambitieux je me sens agité.
J'appelle un courtisan de ma longue insomnie !
Les vieux jours de Saül invoquaient l'harmonie :
il me manque un trésor, — Dieu veuille l'envoyer ! —
C'est un grillon chanteur qui veille à mon foyer.

Timon dans les bois.

Encor des vers plaintifs ! encor cette harmonie
que vous avez nommée, railleur, monotonie.
Cher Arthur, je suis homme ; et mes jours les meilleurs
bien avant le sourire avaient connu les pleurs.
Et puis, né dans les champs près de vous, la nature
là, de simplicité compose sa parure.
Les mêmes chants d'oiseau sortent des bois muets :
verts sont les prés, d'azur le ciel et les bluets.
Laissez-moi donc vers Dieu n'exhaler pour offrandes
que l'uniforme encens du serpolet des brandes.

O champs, où pour pleurer mes yeux se sont ouverts,
je reviens les fermer sur vos horizons verts.
Rendez-moi le soleil souriant à ma mère.

Trêve, avant de mourir, à la tristesse amère.
Laissez-moi m'entourer d'un lointain souvenir,
passé qui m'est resté plus cher que l'avenir.
Voilà Glénis, la Creuse et ses âpres rivages :
trouverai-je en ces bois tous mes amis sauvages ?
car guéri de l'espoir, détrompé des humains,
je reviens du chevreuil rapprendre les chemins ;
entendre l'eau bondir, voir passer les nuées,
refleurir ces forêts de feuilles dénuées ;
vivre avec le silence et les hôtes chasseurs
affranchis sur nos monts des hommes oppresseurs.

Je plains entre les murs, au bercail du village,
la brebis, de la ferme épuisant l'esclavage :
j'estime sur le sol par l'homme déserté,
le loup, qui sert sans frein l'amour, la liberté.
Négocians cerviers, que noble est sa nature !
le loup, raillant le dogue et son cou sans fourrure,
lorsque des agresseurs ses foyers sont trouvés,
se jette entre la mort et ses enfans sauvés.
Honneur au fier lion retranché sous sa roche,
impatient du joug, évitant toute approche,
et qui sait, à leur joug rebelle à s'asservir,
dévorer les tyrans plutôt que les servir.
Mais les seuls compagnons dont je cherche la trace
ici, n'ont à m'offrir que l'adresse ou la grace.

Naissant soleil,
disque vermeil,

c'est ton réveil
que l'alouette
chante en poète.
Déjà dans l'or
dont l'air ruisselle,
du chant fidèle.
monte l'essor.
Vous qui, nouvelle,
ouvrez son aile
encor, encor,
brise, où va-t-elle?

—Dire en haut lieu,
la messagère,
prompte et légère,
bon jour à Dieu.
Son altitude
ouvre à ses yeux
la solitude·
aux champs des cieux.
Sur notre globe
qui se dérobe
à son exil,
ce vol sublime
vers notre abîme
reviendrait-il,
si libre et haute,
l'aéronaute,
n'eût, trop loin d'eux,

laissé, craintive,
à notre rive
ses tendres œufs !

Mais là bas j'ai revu le ramier, blanche proie,
rompant le cercle fée où le milan tournoie,
Vingt chiens, au bruit des cors, vont-ils s'associer
pour arrêter le cerf sur ses jambes d'acier ?
Un bond ! L'étang franchi, le cerf brûlant la côte,
écoute avec dédain hurler la meute en faute.
Du labeur assidu voilà, riche à midi,
l'abeille retournant vers son trésor grandi :
l'abeille qui travaille aux plus saints jours de fête !
Le cygne voyageur, des monts rasant le faîte,
passe et va s'effacer à l'horizon des bois,
comme à travers le deuil de mon ame éplorée
le furtif souvenir d'un amour d'autrefois.

Viens dans ta grace évaporée,
toi qui du désert es l'orgueil,
gentil et nerveux écureuil.
Au cours de l'onde un moment blanche,
qui sous l'écluse s'aplanit,
du haut du chêne qui se penche
abritant nos rocs de granit,
pour te mirer, viens sur la branche
Où la tourterelle a son nid.

Que loin de nos hameaux j'aime l'agile hermite :

à la cime des bois près des cieux il habite.
Assis, presque debout, de ses pieds de devant
comme d'adroites mains il se sert si souvent
qu'il dément sa nature. Il est moins quadrupède
que tous ceux à son rang classés par Lacépède.
Lui, jamais sous la roche, en un vain nonchaloir,
il ne s'engourdira comme le fait le loir;
il sait construire à l'angle où la branche est jumelle,
un fort qui le défend des balles de la grêle.
Il ne descend jamais fouler l'humble gazon
que quand vient l'équinoxe ébranler sa maison,
Il ne s'abreuve point aux sources de la terre :
la rosée en tombant du ciel le désaltère;
pourquoi? c'est qu'il peut seul pour un art immortel,
rajeunir les pinceaux que choisit Raphaël.
Sa queue aussi s'élève à l'orgueil du panache !
Des ardeurs du zénith sous son ombre il se cache,
car léger sybarite, il craindrait la chaleur
autant qu'il sait du froid émousser la douleur.
Il a dans le vieux hêtre, en ses fentes secrètes,
durant les jours d'été ramassé des noisettes,
et viendra d'un pied vif, sous les brumes d'hiver,
ressaisir son fruitier de neige recouvert.
Mais n'est-il pas oiseau? si vous touchez au frêne
où bercé sous la feuille il dort aux feux du jour,
déjà sur un autre arbre il a volé sans peine
pour abriter en paix son rêve ou son amour.
Peut-être est-il poisson? faut-il franchir la Creuse,
voyez-le, près des eaux traînant l'écorce creuse.

d'un bateau voyageur équiper l'attirail
et trouver dans sa queue et voile et gouvernail.

Mais, au loin, qui sans bruit, ouvre sous les prairies
entre ses vingt palais de sourdes galeries?
Un autre cénobite, autre amant des déserts,
la taupe. Elle a les yeux petits et recouverts,
mais faits aux pâles jours des souterrains royaumes.

Elle sait élever des dômes.
Agile, elle a cinq doigts humains
pour déblayer ses longs chemins.
Malgré le velours et la moire
chatoyant sur sa robe noire,
elle édifie assidûment.
Elle a, quittant peu sa retraite,
peu d'ennemis conséquemment,
et de racines sobrement
se nourrit en anachorète.

Vous allez plaindre ses destins,
sa cécité, sa vie obscure?
enviez-la; car la nature
sur l'amoureuse créature
épancha ses dons clandestins.
Des êtres sous la loi mortelle,
nul n'est aimé, n'aime autant qu'elle,
enviez-la; car ses loisirs
sont tissus d'incessans désirs.

Elle professe en habitude,
triple source des vrais plaisirs,
amour, paresse et solitude.
Quand la maternité l'attend,
son époux, ouvrier constant,
au lieu favori de la route,
d'une enceinte exhaussant la voûte,
sait couper en compartimens
quelques nouveaux appartemens.
Vous l'allez voir dans ia vallée,
sous les foins odorans voilée,
loin des dents et des pieds des faons,
la coupole encor non foulée :
c'est là que naîtront les enfans !

Mais déjà le soir vient. A la faveur des ombres,
de timides amis quittent les terriers sombres :
c'est vous, frêle chevreuil, lièvre au craintif essor,
empressés d'émonder le genêt aux fleurs d'or.
Venez, Trotte-menu, Jean lapin, par centaine
tous les peureux héros qu'illustra Lafontaine...
Mais soudain dans leurs jeux qui porte tant d'émoi ?
triste et fauve hibou, si ce n'est vous, c'est moi :
deux austères penseurs effarouchent la fête.
Partez, retirez-vous ; allez, du deuil prophète,
ouvrez votre aile grise : il faut vous rapprocher
des arceaux du long cloître et des tours du clocher.
Laissons, sous les reflets de l'astre au front d'albâtre,
la joie et les festins à ce conseil folâtre ;

allez où vous trompez vos appétits cruels ;
l'huile sainte est gelée aux lampes des autels.

Et moi , que viens-je ici chercher quand ton sillage ,
ô lune , ouvre les cieux , étoile le feuillage?
Qui me ramène à vous , bois déserts que j'aimais,
délaissés trop longtemps, mais oubliés jamais?

J'ai voulu voir l'ormeau que de leurs mains naïves
ont jadis deux enfants transplanté sur ces rives :
mesurer si son front monte encor dans les airs,
rendre libres ses pieds que la ronce a couverts,
y faucher les gazons, fertiliser la terre.
Que ne puis-je mourir sous l'ombre solitaire ,
afin qu'oubliés là, mes restes sans convoi
se couvrent du feuillage un jour jeté sur moi,
soit par l'orme ébranlé dans la saison néfaste ,
soit par tes soins pieux, ami des morts sans faste,
rouge-gorge, inspiré des anges nos gardiens.
Et que puisse, au retour des champs algériens,
Arthur qui, préparé pour sa douleur amère,
me cherchera pleurant sur le bras de sa mère,
reconnaître, aux verdeurs de l'arbre raffermi,
la dépouille encor vive et l'ame d'un ami !

À un Soldat

de l'armée d'Afrique.

Enfant, c'est au hameau, c'est près de nos manoirs
que j'ai surpris ton ame éclose en tes yeux noirs.
C'est là qu'à ton parrain tu venais laisser lire
de tes jeunes chagrins les pleurs mêlés au rire,
conter tes vœux géants; là que j'ai tant aimé,
assis sur mes genoux, dans mes bras renfermé,
te voir, en nos vergers quand la nuit tend ses voiles,
envoyer, sur tes doigts, des baisers aux étoiles.

Aujourd'hui, fier jeune homme, aux périls des déserts
tu suis nos étendards d'ingrats lauriers couverts.
Sans servir tes instincts, la gloire, la patrie,
tu marques de ton sang les sables d'Algérie.
Ils savent donc les rois, dans un stérile essor,

user votre valeur ! Oh ! je voudrais encor
te voir, en nos vergers quand la nuit tend ses voiles,
envoyer, sur tes doigts, des baisers aux étoiles.

Mais que dis-je? un hasard plus sinistre et plus grand
va transformer ta vie, heureux indifférent.
Une femme au teint pâle, aux yeux de feu, l'almée
tient à ses pieds ton ame éperdue ou calmée.
Tu vas t'ouvrir l'enfer, et tu rêves les cieux !
Fuis, ô vainqueur esclave. Enfant, j'aimerais mieux
te voir, en nos vergers quand la nuit tend ses voiles,
envoyer, sur tes doigts, des baisers aux étoiles.

Invasion du riche.

à Madame R.

Ce vallon fut choisi pour y·mourir en paix :
vous vouliez son ciel glauque et ses grands bois épais,
ses chaumes, étrangers à la riche insolence,
quelque respect du beau, des fleurs et du silence.

Et voilà qu'au milieu des humbles contadins,
tombe le plus oisif des Nababs citadins.
Son or et son faux goût, dans leur hâtif usage,
viennent changer l'aspect de votre paysage,
aplatir vos coteaux, élargir vos sentiers,
châtrer les longs rameaux du frêne et des noyers
au profit du carrosse où l'ennui se promène.
De la commune terre il a fait son domaine.
Il détrône un gazon pour planter des cailloux.
Ses hospitalités sont des piéges à loups.
Le luxe, arrondissant la chaussée en dos d'âne,
jette l'eau pluviale au seuil de la cabane ;

Il n'accordera plus sur les chemins nouveaux
au printemps qu'un ourlet tracé sous ses cordeaux.
Il retire aux enfans ces fleurs bordant la pierre,
qui pour rire à leurs jeux entr'ouvraient la paupière.
Le profane arrangeur vient dans un si beau lieu
régir le naturel, perfectionner Dieu !

Eh ! Milord, dans l'enclos que nul ne vous récuse,
usez du droit brutal qui permet qu'on abuse ;
de l'excentricité suivez les goûts chinois,
écrasez vos coteaux de lourds châlets Bernois,
mais sur le sol de tous respectez la nature.
Qui du libre hameau vous fit l'investiture ?
Qui vous créa tyran de nos grands horizons ?
Enfermez le postiche aux royales maisons.
De quel droit touchez-vous au tapis des bruyères,
au silence, à la paix dormant sur nos clairières ?
C'est barbouiller l'aspect d'un val que Dieu para,
comme un décors manqué, sifflable à l'opéra.
Sous vos pédans rateaux voilà que tout s'efface.
Comme les cœurs ingrats vos sentiers sont sans trace.
Que chasseurs, amoureux, ne viennent plus chercher
pied de biche ou de femme au détour du rocher.
Partout des vieux mesnils on trouble la poussière :
sinistre activité d'un sol de cimetière !

Eh ! qu'ennemi du bien votre mieux soit lassé,
ce qui fut à Lazarre à Lazarre laissé !
Que notre exil rural redevienne un village !

rendez l'herbe au grillon et son vieux chêne au sage :
aux couples de rêveurs nos bois hospitaliers,
le peintre à la colline et les nids aux halliers.
Riche ! au profit du pauvre appliquez tant d'études ;
à nos recueillemens livrez les solitudes,
laissez vieillir la roche où se sont délassés
au retour de l'église, un soir, deux fiancés.

Mais ces vœux où le goût jamais ne dégénère,
Madame, que sont-ils contre un millionnaire ?
Plus d'un esprit crésus, entêté dans le mal,
soutient que la fauvette en cage de cristal
est mieux qu'au toit de mousse, à l'ombre du vieux arbre ;
le gardon plus joyeux dans leurs bassins de marbre,
que sous les frais cressons des ruisseaux argentins.
C'est pour ceux-là, railleurs d'artistiques instincts,
que le simple est commun, le non fardé, burlesque.
Tout esprit élevé leur semble romanesque.
Pour respecter, comprendre, et garder ce trésor,
il lui faudrait du goût, un cœur : il a de l'or !
Craignez les Turcaret dans leurs humeurs narquoises.
Fuyez tel gentilhomme aux volontés bourgeoises.
Modeste est un Condé : mais ridicule ou bas
tu t'es toujours posé, marquis de Carabas.
Seul s'efface un héros, un vrai grand : Pour te rendre
ton soleil, Diogène, il faut être Alexandre.

Portrait d'un ami.

Il est épris des arts plus que froid connaisseur ;
ignore le métier pour goûter leur douceur.
Consommateur ardent de noble poésie:
son unique boussole, au fond du cœur choisie,
c'est une émotion qui n'a rien d'incertain.
Il l'absorbe ou rejette au gré d'un pur instinct,
la poésie. Elle est, s'il n'y voit son image,
un miroir imparfait dont il nira l'usage.
Dédaigneux des jugeurs, mais sensible toujours,
et d'un pédant savoir n'invoquant nul secours,
en lui de l'art abstrait ne vit point d'interprète ;
là, comme a dit Chénier, « l'ame seule est poète » ;
vers le faux goût jamais son regard n'a louché ;
que votre cœur soit fier si son cœur est touché:
et n'attendez de lui nul compliment qui leurre.
Il sent, n'admire point ; jamais ne loue, il pleure.

Muguets,
fraises et avelines.

Irons-nous, ce taillis où le long de l'année
la solitude à deux s'est longtemps promenée,
le revoir? L'hiver rude a dépouillé son front :
de notre ingrat oubli qu'il n'ait jamais l'affront !
Venez, de nos regrets portons-lui les hommages.

A peine les oiseaux essayaient leurs ramages
que nous allions, le soir, vous en souvient-il bien,
Brigitte? au coudrier vous cueillir un soutien.
Déjà craintif rêveur, je vous trouvais jolie

comme un matin d'avril. A ma mélancolie
qu'opposiez-vous, enfant? Quelques rires bien gais.

— Pourquoi pas, s'il vous plaît? Nous cherchions des muguets.

Plus tard, j'osai vous dire : Aimez donc qui vous aime!
mais n'opposant toujours qu'indifférence même,
vous parliez de colliers, de bals, de rubans bleus.
Pourtant j'allais partir! Au pays fabuleux
de Rome, ou des emplois, j'hésitais à me rendre.
A retenir mes pas n'osiez-vous donc prétendre?
Rien n'est-il deviné par la froide candeur?
Pour vous sacrifier voyage, amis!, grandeur,
combien, vous dis-je alors, faut-il que tu me plaises!

— Mais.. nous allions au bois pour ramasser des fraises.

Vers l'automne et le soir (toujours le soir) nous deux
nous revînmes souvent dans ces bois hasardeux.
Avec espoir, ivresse, un jour je vis dans l'ombre,
à l'heure où chiens et loups vont hanter le bois sombre,
vos yeux noirs, au fourré des rameaux frémissans,
épier la colombe aux adieux caressans.
Les longs cils abaissaient leurs langueurs plus calines...

— Eh bien! quoi? nous venions locher les avelines.

— Soit. Mais je partais peu. Demain le Romagnol,
disiez-vous, le Toscan vont affranchir leur sol.
La peste est à Milan, Charle-Albert à Modène
Ancône est bien dévot! Venise est si mondaine!

Je restais dans les bois : et malgré vos dénis...

—Vous n'avez rien trouvé.

—Si fait ! Cherchant des nids,

j'en rêvais près de vous la rencontre plus douce.
Celui que j'ai surpris reposait dans la mousse,
et possesseur discret, mon soin tendre et touchant
l'a-t-il jamais, petite, effarouché ?

— Méchant !

Au directeur

d'un grand journal.

Vous figurez-vous bien ce que peut devenir
un de ces intérêts qui gouvernent la ville,
bourse , chambres, procès, cour avare ou servile,
si dans la paix des bois leur bruit sait parvenir?
Un journal dans les champs ! leur politique obscure
en plein ciel de forêts où la clarté s'épure !
Un discours de Guizot près du ruisseau coureur
où se mire le toit du soldat laboureur !
Votre feuille au reflet de l'aube qui rayonne
au front gai du fermier dans ses blés qu'on moissonne ,
à l'ombre du vieux chêne, aux bords fleuris des eaux,
écoutant la sarcelle en son nid de roseaux !
Qui t'ose déplier, courtier d'épicerie,
au réveil d'un matin suave, solennel,
entre les rossignols égayant la prairie,
la rosée et les fleurs, Constitutionnel !

—

A un néophyte

Charles D.

Que parles-tu de fuir les voluptés du monde ?

Si tu prétends chercher la retraite profonde,
le cloître de nos jours, la trappe aux murs déserts,
pour consacrer ta vie au culte obscur des vers,
il faut que du péril, jeune homme, on t'avertisse.
Aux temps où meurt la gloire, où fleurit l'avarice,
des muses, vois-tu bien, cultiver le trésor,
c'est pis qu'être honnête homme, incorruptible à l'or.

La poésie, éteinte en cette ère fatale,
est ce que fut jadis l'œuvre philosophale:
on n'y croit plus, on rit à voir, pour plus d'un jour,
une ame à la trouver consumer son amour.
Sur la foi des aînés retiens pour infaillible
que le monde et les vers n'ont rien de compatible.
Les arts sont nés d'hier sur ce sol de Gaulois.
Qui du docte dessin nous enseigna les lois?

David. A Rossini commence la musique ;
et la Muse qui plane au sommet poétique
couvre Racine en vain de lauriers superflus :
Racine est un arcane ouvert à peu d'élus.

Nos vivans prosateurs, nos grands talens eux-mêmes
méconnaissent le rythme et ses hauteurs suprèmes ;
faisons-nous Conte-Bleu, Juif, errant ou banal,
dompteur des abonnés qu'empâte un vieux journal,
mais fuyons le talent, dédaignons l'harmônie,
ayons le Choléra, non la métromanie.
Soyez Paul ou Sylvain, des muses rebuffé,
de quelque bourg pourri l'ambassadeur truffé ;
devenez du budjet l'apôtre, la commère,
Gridaine et non Musset, Rotshchild plutôt qu'Homère.
Mais desservir les vers ! C'est avoir devancé
dans l'exil, dans la mort, et dans l'oubli, Rancé.

Et pourtant, vers leur tâche et si rude et si douce,
quelque vocation vous appelle et vous pousse !
Les vers sont un refuge. Ils ouvrent des chemins
d'où s'écartent du moins les cupides humains.
Contre le mal de vivre harmonieux dictames,
chastes préservateurs des sourires de femmes,
à l'artiste, appuyé sur leur frêle secours,
ils auront tenu lieu de fortune et d'amours.
Ce sont les fleurs de paix et de mélancolie
qui parfument les bords du fleuve où l'on oublie.

Les Tourterelles

des Tuileries.

Dans ce jardin royal, vois-tu les tourterelles
au front des maronniers, l'été, l'hiver fidèles ?
De ces errans époux l'héritage infailli
remonte aux jours lointains de Barnave et Bailly.
Un soir qu'au Champ-de-Mars la France fédérée
célébrait sa grandeur enfin régénérée,
le peuple à cent oiseaux voulut rendre à la fois
les airs, la liberté, comme au sacre des rois.

Deux de ces blonds captifs au sommet des charmilles
ont caché leur retraite et depuis leurs familles ;
c'est leur postérité qui plane encor sur nous,
Brigitte.

—Vous croyez ?

—J'en jure tes genoux.
D'autres vols passagers désertent à l'automne :
ceux-ci n'ont jamais cru le bonheur monotone.

Si vous étiez oiseau, n'est-ce pas, mes amours,
vous resteriez aussi près de nous pour toujours ?
Couples aériens, tendres oiseaux modèles,
demeurez notre exemple.

—Oh ! si j'avais des ailes !

Lilium Vallis.

Un jour — c'était aux jours de son plus doux prestige,
aux pieds des coteaux verts où l'Arnon se dirige,
avec la fleur cueillie elle arracha la tige :
tout un germe bulbeux des muguets blanchissans.

— Qu'as-tu fait ? — Peu de mal. En ton jardin, poëte,
à l'abri d'un lilas, ce soir, ne t'inquiète,
j'irai pour ma victime ouvrir une retraite :
quand tu la reverras, pense à moi tous les ans.

Hélas ! elle était blonde, oublieuse et frivole,
ses jours allaient aux vents. Qui va croire à la folle
sachant pour une fleur accomplir sa parole ?
Ce soir, l'an révolu, le muguet naît chez moi.

Qu'avais-je donc besoin de cette renaissance
pour retrouver ici les douleurs de l'absence ?
savoir que du passé rien n'éteint la puissance,
et qu'amour laisse au cœur un immortel émoi !

Au Rossignol.

Oiseau qui tiens du ciel les chants que tu recueilles,
et bois, sans gobelet, la rosée en ses feuilles,
redis-nous ta romance : enchante, au sein des nuits,
la cime du sorbier qui couvre mes ennuis.
De tes plaintes d'amour apprends-moi le langage :
encore ces soupirs ! encore ce passage !
Je suis bien sûr, alors, si je sais retenir
tes accens, de toucher son ame ; et d'obtenir
quelques plus doux regards. Qui jamais l'a bannie,
en ses séductions, la suave harmonie ?
La plus mignonne oreille est un chemin du cœur.
Sois mon maître ! rends-nous par tes leçons vainqueur,
oiseau qui tiens du ciel les chants que tu recueilles,
et bois, sans gobelet, la rosée en ses feuilles !

Regrets d'un fou.

J'aime une fleur éclose à peine,
doux camélia rose et lys.
Sa robe avait d'élégans plis,
douce et fraîche était son haleine.
Elle est belle au déclin des jours,
sa tête qui penche et sommeille,
et quand l'aube qui la réveille
de ses yeux ouvre les contours.
Mais où donc aujourd'hui fleurit la fugitive?

J'ai cultivé sa frêle tige,
je la défendais des autans;
j'avais, loin du nord qui l'afflige,
su lui composer des printemps.
Corymbe aux voiles diaphanes

qui portez ce naissant trésor ;
au loin, des papillons profanes
j'écartais l'infidèle essor...
Et l'abandon peut-être est aujourd'hui son sort !

Sa taille était haute et charmante,
son front pur cherchait le soleil ;
le soir, replié sous sa mante
disparaissait son sein vermeil.
L'élève de mes soins, oh ! qu'elle était jolie,
dans les nœuds de son vert corset !
Je la voulais, mon cœur le sait,
aimée avant d'être cueillie.
Et ses parfums sont exhalés,
elle a déserté nos hommages,
voilà nos jours bleus envolés !
Elle embaume aujourd'hui je ne sais quels rivages :
Dieu qui l'y retenez, sauvez-la des orages !

Et comment s'appelait la fleur
qu'en pleurant j'outrage et regrette ?
ce nom, je l'ai su dans mon cœur...
Ah ! n'était-ce pas Juliette !

Le gui de chêne.

Un vieillard, rencontrant un écolier chasseur
sous les bois dépouillés, lui dit avec douceur :

— Pourquoi vouloir gravir au front nu du vieux chêne,
mon fils? Pourquoi la serpe est-elle entre vos mains?
les glands et le feuillage ont jonché les chemins :
vers l'espoir, le profit, quelle ardeur vous déchaîne?
Pas même, entre la fourche au double rameau noir,
un nid, cruel enfant! — Ne savez-vous pas voir,
dans les branches d'en haut que la rafale agite,
des arbres généreux la plante parasite?
Je l'en veux détacher. — C'est le gui des Gaulois.
— Eh bien! de la nature il insulte les lois;
dans le sol nourricier loin de puiser sa force,
il s'impose, étranger à la sève, à l'écorce;

les énerve. — Déjà, vous l'avez remarqué,
ce gui, vert phénomène encore inexpliqué?
Sa végétation qui dédaigne la terre
est tout aérienne et pleine de mystère.
Il a des fruits sans fleurs; et ces fruits irisés
composent des bouquèts avec art divisés.
Ses perles, trois par trois, sont blanches, diaphanes
autant que les colliers qui parent les sultanes.
Pourquoi l'attaquez-vous? — Ce n'est qu'un importun.

— Les charmes de l'hiver sont rares : c'en est un.
Vous saurez quelque jour qu'aux jours de la froidure
sourit à nos regards la moins riche verdure.
Le gui, sur la futaie en deuil de toutes parts,
monte comme un drapeau sur le front des remparts;
prête au chêne appauvri que l'ouragan ravage
de l'olivier changeant le pâle et doux feuillage.
Il est du printemps mort un vivant souvenir!
Loin des bois désolés consentez à venir :
les rameaux sont glissans, partout le givre règne;
mon foyer nous promet le coing et la châtaigne,
et je vous conterai, près des joyeux tisons,
quelque philosophie en rustiques leçons.
Là, nous saurons, au gré du plus riant augure,
du roi des cerfs-volants composer l'envergure :
pour le livrer, superbe, au vent agitateur
nous prendrons six feuillets du plus grand Moniteur.
Clémence au gui sacré! Laissez paix et liesse
à tout ce qui verdit autour de la vieillesse.

N'est-il pas, cet arbuste, un symbole vainqueur
des pensers, des regrets qui vivent sur le cœur ?
Jamais il n'est porté cet hôte, dans sa grâce,
que par des arbres forts que nul fardeau ne lasse,
et qui, loin des roseaux prompts à s'humilier,
savent braver la foudre et rompre sans plier.

Mon fils, tel obsesseur plaît à l'ame asservie :
tout ce qui dure en elle a-t-il droit à la vie ?
Ainsi nos souvenirs, hélas ! Il est en nous,
lorsque l'âge assoupit nos éveils les plus doux,
de survivans flatteurs, trop rebelle jeunesse
par qui se peut qu'une heure un songe ami renaisse !
L'illusion sait rendre aux soirs abandonnés
le regain des bonheurs autrefois moissonnés.
Il est, dans l'homme éteint, tel germe ardent encore
qui se rattache à lui, peut-être le dévore...
mais lui prête en mourant son feuillage menteur,
le pare aux jours glacés d'un prestige enchanteur.
Vain, déchirant, mais doux, un tel regret console.
Homme ami du poison dont l'attrait vous immole,
cet assidu rongeur, plein de deuil et d'appas,
il est le gui du cœur ; ne l'en détachez pas.
S'il épuise la vie aux regrets condamnée,
il peut fleurir aussi la dernière journée.

—

A Béranger.

Eh! ne me plaignez pas! J'ai déjà, solitaire,
traversé la moitié des peines de la terre.
Je sais, rebelle ou calme, avec ou sans remords,
que le destin de l'homme est de subir deux morts.
La première est cruelle! Elle est la perte immense
des timides espoirs par qui l'amour commence;
de nos illusions c'est le brusque réveil.
Adieu, rêves d'un soir au mobile appareil,
ambitions, la gloire, enivrante lubie.
Cette mort avant l'autre, elle est déjà subie,
gardez votre pitié. Je n'ai plus à savoir
qu'éteinte est la patrie et lâche le pouvoir.
Lassé d'un avenir aux lueurs trop confuses,
j'ai banni de mon cœur l'espérance et ses ruses.
Le dernier coup, vers Dieu prêt à guider mes pas,
ne s'appellera plus, demain, que le trépas.

—

L'Alouette aveugle.

J'étais faible et mourant. Je ne savais résoudre
mon front à soulever sa morne pesanteur :
et ma vie hésitait au cerveau, son moteur,
car d'un noir coup de sang j'avais subi la foudre.

Sans trouble anticipé, sinistre délateur,
ce mal m'avait surpris, un soir, chez la créole,
hôte à la main d'albâtre, à la chaste parole,
qui préfère aux discours que le flatteur lui tient,
de la philosophie un sévère entretien.
Auprès de Lamennais, convive délectable,
une place d'honneur m'invitait à sa table,
sa table sans Vatel, mais prodigue de fleurs,
de fruits, de vins rians sous leurs blondes couleurs.
Et soudain, quand près d'elle un sourire angélique
m'offrait, autre voisin, le sage évangélique,
tout pour moi s'éclipsa, tournoyant et confus...
j'expirais.

C'est par vous, ô Charles, que je fus
ramené — ce voyage épuisant plus d'une heure —
sous les étroits lambris de ma haute demeure.
Encor si j'avais pu, quand je rouvris les yeux,
des doux vallons d'Aulnay reconnaître les cieux,
retrouver la fraîcheur, le parfum des saulées !
Mais j'habitais Paris, vos pierres désolées.
Je ne distinguais rien que les longs cris aigus,
les marteaux constructeurs aux hôtels contigus,
ce fleuve de passans que Montmartre dégorge,
les madriers traînés vers ce quartier Saint-George
où l'ardeur de bâtir ne connaît pas de mors :
et ces tambours voilés qui précèdent les morts,
du temple au Mont-Louis sur leur char solitaire,
dernier pèlerinage accompli sur la terre.

De vivre, de lutter contre tant de langueur,
nulle émulation ne soutenait mon cœur.
Alors, des feux d'août la nuit même était pleine,
nulle brise à nos fronts n'apportait son haleine.
Les docteurs avaient fui : je pensais, avec eux,
qu'un terme allait surgir à des jours douloureux.
Déjà du peu que j'ai ma sombre diligence
avait à deux parens partagé l'indigence,
à ma vallée absente adressé mes adieux.
Salut encor de loin, sentiers silencieux
où j'ai caché des jours au monde si rebelles :
que verts soient vos grands bois, que vos fleurs restent belles !

J'ordonnai de brûler, en hommage à mon art,
des vers, informe essai que j'ai jugé trop tard ;
et j'avais dit aux miens, affligés sans remède :
Je ne vous quitte point, amis, je vous précède.

Puis, un matin, au fond de l'humble appartement,
traînant, le long des murs, mes pas péniblement,
je surpris un réduit sans soleil, loin du monde,
où le bruit s'éteignait sur une cour profonde.
Là, du Nord bienfaiteur put m'atteindre un regard,
et mon sang rafraîchi s'apaiser à l'écart.
Savez-vous qui dompta, sous d'imprévus mystères,
les élans du cerveau, la fièvre des artères ?
Un écho reconquis des vallons regrettés :
le chant d'un pauvre oiseau captif à mes côtés.
Ma voisine, une enfant, ouvrière assidue,
pour tromper les ennuis de sa journée ardue,
entre deux basilics qui paraient son grenier,
avait, dans une cage aux blancs barreaux d'osier,
un chanteur : et de là, mélodieux et tendre,
s'échappait le concert que les prés font entendre.
C'était une alouette, hélas ! à ses amours
ravie avant la fin de ses premiers beaux jours.
Elle chantait encor près des cieux inspirée,
comme si son vol libre effleurait l'empirée.
Ce que n'eussent point fait le monde et ses cent voix,
des promesses de gloire, ou la faveur des rois,
l'appel d'un faible ami, mon compagnon rustique,
quand à Dieu du printemps il porte le cantique,

sut me rendre à la vie : il exprimait encor
que dans l'exil des champs la vie est un trésor.
Je gardai l'avenir, pour prier avec elle,
pour envoyer aux cieux mon tribut sous son aile.
Ainsi la soif des jours se réveilla pour moi
au doux frémissement de ce naïf émoi.

— Laissez-nous l'approcher, la chanteuse exilée;
rendons à son ciel bleu la prisonnière ailée.

— Vous ne savez donc pas, nous dit la blonde enfant,
exhalant un soupir, puis déjà l'étouffant :
Bien avant que s'ouvrit ma chambre hospitalière
des méchans, de ses yeux ont chassé la lumière.
A féconder sa voix pensaient-ils parvenir?
Elle, elle croit toujours que sa nuit va finir!

Ce destin, cet instinct d'élever son hommage
ranimèrent en moi la pudeur du courage.
Je rougis d'être ainsi moins fort, moins résigné
que ce frêle oisillon au malheur désigné.
La mort que j'implorais différa sa réponse,
et, pour un temps encor, je souffre; je renonce
à savoir, avant l'heure et les maux accomplis,
quels secrets, ô linceul, sont cachés dans tes plis.

Epilogue

aux poètes de l'avenir.

Quand vous aurez compris le monde et les humains,
de la ville oublieuse oublié les chemins,
et du serment d'aimer retiré vos deux mains,
de la vie aux forêts fiancez d'humbles restes :

Au doux miel d'un sourire, aux suaves regards,
au magnifique appui des cauteleux remparts,
aux pompes des palais, même à l'éclat des arts,
préférez d'un ciel pur les horizons modestes.

Avant les lambris d'or aimez les buissons verts,
les vents, les prés, la nue aux aspects si divers,
et, cœurs parens du mien, derniers amis des vers,
ne donnez à vos chants qu'un seul nom : LES AGRESTES.

TABLE.

—

Petit portefeuille volé.

Premier réveil.

Elle pleura long-temps! Mais c'était de ces larmes,
ces perles, dont la Vierge en ses loisirs divins
compose les colliers de ses blancs Séraphins.

Héléna, cette nuit fut bénie en ton ame
qui t'a, d'enfant naïf, transfigurée en femme.
Heureux deux fois l'amour ainsi récompensé!
car l'hymen, que tu hais, s'il m'avait devancé,
peut-être ce tyran, aux franchises sauvages,
au lieu de voluptés eût laissé des ravages;
et tu n'aurais connu que par l'effroi sanglant
l'amour qui vers le ciel est un rapide élan.
Moi, j'employai du moins la douceur et la ruse;

est-il rien que l'amour et n'invente et n'excuse !
Attendant, sans haleine et la main sur ton cœur,
l'instant où la victime absoudrait le vainqueur,
j'ai su dompter ton trouble et mes propres ivresses.
O chaste étonnement devant quelques caresses !
j'ai soulevé ton bras, j'admirais, nouveau né,
ce duvet qui fleurit sur l'albâtre veiné.
Et, comme un pâtre enfant fait à sa tourterelle,
j'ai caché doucement mes baisers sous ton aile.

Amour ! à quels trésors de ce corps bien aimé,
si pur, du bain sorti, de seize ans parfumé,
n'ai-je pas apporté mon culte et mon extase?
Ces deux cygnes jumeaux qu'emprisonnait la gaze !

Et l'épaule de neige, et ce col onduleux
où naissent, enroulés, les courts, les fins cheveux !
Enfin sous les genoux cette place craintive,
si douce, si cachée, et sous nos doigts furtive !
Ton pied... j'aurais voulu, de tendresse égaré,
ton pied à l'ongle rose, à l'orteil séparé,
m'en repaître.—Aux désirs il vient un vœu farouche —
et sa blancheur étroite eût passé dans ma bouche.

Mais, dis, je n'ai jamais profané ces trésors !
Périsse qui croirait en d'impuissans transports
que des lèvres, un sein à l'abri des outrages,
dussent jamais subir d'incestueux hommages:
et sans charme pour lui, pour elle sans plaisir,
avilirait l'autel que nous voulons servir.

J'ai pitié des froideurs où s'endort la coquette ;
je hais sous mes baisers une bouche muette ;
je veux les noms flatteurs, quelques gémissemens,
qu'un tendre effroi réponde à mes emportemens ;
des mots demi formés les graces enfantines :
mais fuyons les erreurs des voluptés latines.
Quelque aveugle abandon qu'exige notre ardeur,
ô belles ! conservez, faibles avec pudeur,
cet embarras divin, ce NON qui nous attire,
doux refus qu'en vos yeux dément un doux sourire.

Voyez ! lorsque Vénus, pour son plus jeune amant,
laisse à ses pieds tomber son dernier vêtement,
elle ferme les yeux : et sa main ingénue
vole, et voudrait encor lui cacher qu'elle est nue.

Élégie.

dans le goût classique.

Toi, que j'aimais artiste et que voilà Comtesse,
épouse d'un des preux que par cent mille écus
Villèle indemnisa du malheur des vaincus :
jeune et rose Héléna, si tu veux que j'oublie
de nos récens amours la riante folie,
verse à mes souvenirs le fabuleux Léthé.
Efface ces tableaux où je vois ta beauté
sans voile, à mes désirs candidement servile.
Reprends jusqu'aux billets datés d'Ermenonville,
parfois sans orthographe et jamais sans amour,
où tu disais : « Reviens, Avril est de retour,
et là bas le vieux saule à nos amours fidèles
montre le blanc revers de ses feuilles nouvelles.
Accours ! Les passereaux, dans leur ardent émoi,
agitent, deux à deux, la haie en fleurs... et moi,
au bord du précipice où se perd l'innocence,
j'ai compté, par mes doigts, les nuits de ton absence. »

Ah ! pour croire effacés vingt sermens entre nous,
il faudrait, hier encore, et là sur mes genoux,
ne t'avoir pas tenue ivre, folle, agitée,
sous les doigts chatouilleux ravie et tourmentée.
Il faudrait oublier, ignorer par quel art
tu sais d'un seul baiser varier le nectar.
De son faste indigent ce vieillard qui t'obsède,
ton époux, ne sait pas quel trésor il possède !
soit qu'ardente à lutter sous un vainqueur brûlant,
tu repousses l'ennui du plaisir indolent,
soit qu'enfin ton ardeur, languissante et tranquille,
cherche la volupté paresseuse et facile,
prolonge cette ivresse où notre ame s'endort,
se survive long-temps dans une douce mort.

« — Ah ! sans doute, autrefois, de ces lents sacrifices,
disais-tu, Sybaris inventa les délices ;
et l'heureux Smyndiride, en ce mol abandon,
faisait ployer la rose, ou fléchir l'édredon. »

Toi, de tous les désirs tu comprends l'exigence :
victime résignée, ou trésor d'indulgence,
tu n'as jamais proscrit, dans ton austérité,
les vœux d'un seul caprice en sa fougue emporté.
Tu souris à l'amour dont l'erreur passagère
essaie en badinant quelque route étrangère,
et se joue un instant, loin des sentiers connus,
à chercher Ganimède où reposait Vénus.

Et le monde te perd ! l'égoïste hyménée,
de moi, de cent rivaux borne la destinée !
Et demain ton époux, implacable vautour,
se traîne sur la proie en butte à son amour.
Oh ! ne lui laisse point, fille encore adorée,
retrouver dans tes bras sa jeunesse émigrée.
Épargne la carrière aux coursiers languissans,
renverse au loin la coupe, où, pour tromper ses sens,
la verte cantharide a prodigué sa vie.

Mais quel triomphe, ingrate, excite votre envie ?
vos soins officieux ne ranimeront pas
l'immobile étranger qui pleure entre vos bras.
Ta main, ta main coupable, en vain avec adresse
de ses flancs engourdis irrite la paresse ;
qu'il s'agite, se lève, et tombe de nouveau,
du lit qu'il déshonore inutile fardeau.
Demain tu pleureras, malgré tant d'artifice,
la honte des autels où manque un sacrifice...
Et moi, fier de vos pleurs, heureux de tes affronts,
ceint des myrtes fleuris inconnus à vos fronts,
j'irai chanter la paix de ta nuit fortunée :

« Hyménée, ô hymen ! hymen, ô hyménée ! »